W0312328

Mutter-Tochter-Momente

155 unvergessliche Erlebnisse und Gespräche, die eure Bindung für immer stärken

Geschenk für Teenager-Mädchen

Auflage 2025 Januar
ISBN: 978-3911287012

Copyright © 2025 T.Breise

KORIANDER
Medien

Herausgeber: T.Breise
Email: tbreise@buch-autoren.de
Impressum:
T.Breise
c/o Werneburg Internet Marketing und Publikations-Service
Philipp-Kühner-Straße 2
99817 Eisenach

Gestaltung: M.B. Photography
Bilder: Shutterstock com - Photography
Korrektorat: Renate Kühn

Die Inhalte dieses Werkes unterliegen dem deutschen Urheberrecht. Die Vervielfältigung, Bearbeitung, Verbreitung und jede Art der Verwertung außerhalb der Grenzen des Urheberrechtes bedürfen der schriftlichen Zustimmung des jeweiligen Autors bzw. Erstellers. Downloads und Kopien dieser Seite sind nur für den privaten, nicht kommerziellen Gebrauch gestattet.

T.Breise

Mutter-Tochter-Momente

155 unvergessliche Erlebnisse und Gespräche, die eure Bindung für immer stärken

Geschenk für Teenager-Mädchen

Aus Liebe zur Umwelt
verzichten wir auf Farbdrucke.

Das Buch beinhaltet:

25 Persönliche Gespräche, Selbstliebe und gemeinsame Ziele: Unsere Reise zu mehr Nähe und Vertrauen

Unvergessliche Erlebnisse und tiefe Gespräche: 100 Wege, unsere Mutter-Tochter-Bindung zu stärken

Mutige Abenteuer und Unvergessliche Erlebnisse: 30 Außergewöhnliche Dinge, die ihr noch nie zusammen getan habt

Einleitung

Kreative Abenteuer, tiefgehende Gespräche und spannende Aktivitäten, die nur darauf warten, von dir und deiner Tochter ausprobiert zu werden.

In diesem Buch erwarten euch beide 155 liebevoll ausgewählten Ideen, die speziell darauf abzielen, eure Mutter-Tochter-Beziehung zu stärken und dabei helfen sollen, eure gemeinsame Zeit unvergesslich zu machen.

Zeit füreinander zu finden ist gerade in unserer hektischen Welt voll Verpflichtung nicht immer so einfach, wie wir es wohl wünschen. Dabei ist vor allem die Beziehung zwischen Mutter und Tochter etwas wirklich Besonderes. Ganz automatisch seid ihr beide tief miteinander verwurzelt und habt eine Dynamik, die ihr so sonst mit keinem habt. Lasst euch mit den folgenden Ideen dazu einladen, eure Beziehung bewusst zu pflegen, zu feiern und zu vertiefen.

Einige Aktivitäten sind vor allem darauf ausgerichtet, euch beide auf persönlicher und emotionaler Ebene näherzubringen. Es soll dabei intensiv um eure Träume, Ängste und Gefühle gehen. Ihr findet also Anregungen für ganz neue Gespräche und Übungen, die euch in Selbstliebe und Zusammenhalt stärken sollen.

Außerdem erwarten euch kreative Abenteuer, die Abwechslung versprechen. Erschafft gemeinsam ausgefallene Erinnerungen und kommt aus eurer Comfort-Zone – so stärkt ihr eure Bindung und lernt einander in den verschiedensten Situationen kennen.

Auch für mehr Adrenalin in eurer Beziehung ist gesorgt. Ihr könnt euch zusammen an die abenteuerlichsten Erlebnisse trauen und unvergessliche Momente erleben, die euch ganz neu zusammenschweißen.

Dieses Buch soll mehr sein als nur eine Sammlung von Ideen – es kann euch begleiten, wenn ihr versucht, eure Beziehung zu vertiefen. Es soll euch helfen, eure gemeinsame Zeit sinnvoll zu nutzen und einzigartig zu machen. Erlebt zusammen nicht nur unvergessliche Momente, sondern schafft auch die Grundlage für eine liebevolle, tiefgehende Beziehung.

Warum also abwarten? Schnappt euch dieses Buch, lasst euch inspirieren und beginnt euer gemeinsames Abenteuer. Eure Beziehung ist einzigartig – feiert sie!

Startet Eure gemeinsame Reise

1. Teilt eure größten Träume für die Zukunft

Nehmt euch einen Abend lang Zeit und tauscht euch in entspannter Atmosphäre über eure größten Träume und Visionen für die Zukunft aus. Setzt euch gemütlich zusammen, vielleicht mit einer Tasse Tee, oder macht einen Spaziergang und sprecht über das, was ihr euch vom Leben erhofft. Welche Träume habt ihr in Bezug auf eure Karriere, persönliche Entwicklungen oder Beziehungen? Was wollt ihr unbedingt mal erleben?

Beim Verwirklichen eurer eigenen Bucket List könnt ihr dann nicht nur eine Menge neuer gemeinsamer Erinnerungen schaffen, sondern auch die Bindung zwischen euch stärken.

2. Schreibt euch gegenseitig einen Brief über das, was ihr am anderen bewundert

Setzt euch an einem ruhigen Ort zusammen und nehmt euch die Zeit, einander einen Brief zu schreiben. Darin könnt ihr offen beschreiben, was ihr an der anderen Person bewundert und schätzt. Welche Eigenschaften, Erlebnisse oder Talente beeindrucken euch besonders? Nachdem ihr die Briefe geschrieben habt, könnt ihr sie einander überreichen oder sogar vorlesen.

Eure Briefe sind am Ende mehr als nur Worte auf Papier – sie sind ein Ausdruck von der Zuneigung, die ihr füreinander habt, und darüber hinaus wertvolle Erinnerungsstücke für die Zukunft.

3. Verbringt einen Tag als Touristen in eurer eigenen Stadt

Versucht einmal, eure eigene Stadt mit den Augen eines Touristen zu sehen. Was sind Sehenswürdigkeiten, die ihr schon lange nicht mehr oder vielleicht noch nie gesehen habt? Wo kann man besonders gut und lokal essen?

Gibt es vielleicht Spezialitäten eurer Stadt? Macht Fotos und nehmt vielleicht sogar an einer Stadtführung teil, um eure Heimat aus einer neuen Perspektive zu erleben. Mit Sicherheit gibt es Ecken, die ihr im Alltag überseht oder beinahe vergessen habt. Diese mal wieder gemeinsam zu erkunden kann richtig interessant sein!

4. Macht gemeinsam eine Buchbesprechung

Wählt gemeinsam ein Buch aus, das euch beide gleichermaßen anspricht. Das Thema ist irrelevant – Politik, Dramen, Geschichte, Horror, Wissenschaftliches? Am besten funktioniert so eine Buchbesprechung, wenn euch das Thema beide quasi fesselt!

Denn es geht darum, das Buch zur selben Zeit zu lesen. Ihr könnt euch Abschnitte einteilen und eure Gedanken zu einzelnen Stellen oder auch größeren Passagen notieren. Setzt euch gelegentlich zusammen, schnappt euch die Lektüre und besprecht sie! Teilt, was euch gefallen hat. Teilt, was euch weniger zusagt. Was sind eure Gedanken zum Thema, zum Autor, zu Charakteren oder Abläufen der Geschichte? Solche Besprechungen sind fantastische Konversations-Starter und versprechen euch beiden Gespräche, die ihr so sicherlich noch nicht geführt habt!

5. Verbringt ein Wochenende im Zelt im Garten und erzählt euch unter den Sternen Geschichten

Ein Abenteuer muss nicht immer weit entfernt sein.

Baut zum Beispiel einfach ein Zelt in eurem eigenen Garten auf! Packt euch Schlafsäcke, kuschelige Decken und Taschenlampen ein und macht es euch so richtig gemütlich. Der Abend könnte zum Beispiel mit einem Lagerfeuer (oder einem improvisierten Grill) und Marshmallows beginnen und anschließend lest ihr eure Lieblingsgeschichten unter dem Sternenhimmel, oder hört Musik, trinkt ein Glas Tee oder gar Wein.

Dieses Wochenende wird wie ein Mini-Campingurlaub für euch beide – nur eben direkt vor der Haustür!

6. Startet ein Projekt zur Verschönerung eines Raumes in eurem Zuhause

Gibt es einen Raum in eurem Zuhause, der mal wieder ein wenig aufgefrischt werden könnte? Vielleicht braucht er eine neue Wandfarbe oder ein wenig Deko? Hier dürft ihr kreativ werden!

Gestaltet den Raum eurer Wahl so um, wie ihr möchtet. Stellt Möbel um oder besorgt neue Vorhänge, kauft passende Deko und verwendet, was ihr noch habt.

Am Ende habt ihr nicht nur einen neu gestalteten Raum, sondern vor allem ein weiteres Kreativ-Projekt vollendet, an dem ihr zusammengearbeitet habt!

7. Sprecht über eure tiefsten Ängste und wie ihr sie überwinden könnt

Wie oft kommt man im stressigen Alltag dazu, über seine Ängste und Unsicherheiten zu reden?

Nehmt euch heute bewusst die Zeit für ein offenes und ehrliches Gespräch. Setzt euch an einen ruhigen Ort, an dem ihr euch wohlfühlen könnt, und tauscht aus, was euch Sorgen bereitet.

Wie könnt ihr diese Ängste überwinden? Gibt es die Möglichkeit, einander dabei zu unterstützen? Es ist sicher nicht einfach, über solche Themen zu sprechen, aber gerade darum ganz besonders wichtig. So beschäftigt ihr euch nämlich nicht nur mit euch selbst, sondern lernt auch euer Gegenüber tiefer kennen und könnt ganz aktiv füreinander da sein – auch in den dunkelsten Momenten.

8. Plant einen Tag in einem Kletterpark und testet eure Grenzen aus

Es geht mal wieder hoch hinaus! Nehmt euch ein paar Stunden frei und schaut, was ihr so im Kletterpark draufhabt. Dort könnt ihr euch professionelle gesichert gemeinsam über Kletterwände, Hängebrücken und Seilrutschen kämpfen und schafft es mal wieder, eure Grenzen zu testen. Zusammen macht solch ein Ausflug natürlich am meisten Spaß – ihr könnt euch unterstützen, ermutigen und stets gemeinsam überlegen, wie ihr es über das nächste Hindernis schafft. Zum Schluss seid ihr dann nicht nur ausgepowert, sondern mit Sicherheit auch stolz auf euer Teamwork –sowas schweißt zusammen!

9. Schaut euch Fotoalben von früher an

Egal ob Alben mit Bildern der letzten 5 Jahre oder ganz alte Erbstücke als längst vergangenen Zeiten - setzt euch heute mal wieder zusammen und blättert durch die Fotobücher eurer Familie.

Welche Erinnerungen kommen hoch? Erzählt euch die passenden Geschichten zu den Bildern, lacht gemeinsam, erinnert euch an liebe Menschen und schöne Erlebnisse.

Solche Alben sind richtige Schätze und es macht immer wieder aufs Neue Spaß, darin herumzublättern, Fragen zu stellen und in Erinnerungen zu schwelgen.

10. Besucht ein Dunkelrestaurant

Im Dunkeln essen klingt verrückt, ist jedoch eine empfehlenswerte Erfahrung. In völliger Dunkelheit wird nämlich nicht nur euer Geschmackssinn geschärft, ihr müsst euch vor allem besonders auf eure restlichen Sinne konzentrieren. Fühlen, tasten, hören – mit Sicherheit ein Erlebnis, bei dem ihr einander unterstützen könnt und die Gesellschaft des anderen mal auf ganz neue Art und Weise erfahrt.

So fördert ihr nicht nur eure Sinne, sondern auch eure Fähigkeit, in neuen und ungewohnten Situationen zusammenzuarbeiten und sie zu genießen.

11. Stellt gemeinsam ein Fotobuch mit euren schönsten Momenten des Jahres zusammen

Sammelt all eure Schnappschüsse und Erinnerungen zusammen und gestaltet gemeinsam ein Fotobuch, in dem eure schönsten Augenblicke des Jahres festgehalten sind. Sucht eure Urlaubsfotos heraus, teilt lustige Selfies oder Momentaufnahmen – in euer Buch gehört alles, was euch wichtig ist.

Setzt euch zu zweit an den Computer, wählt eure Lieblingsbilder aus und schreibt vielleicht sogar noch kleine Geschichten, Kommentare oder Fakten dazu. Am Ende habt ihr dann nicht nur ein richtig persönliches Erinnerungsstück erstellt und das vergangene Jahr festgehalten, sondern auch beim Gestalten eine schöne Zeit zu zweit gehabt.

12. Backt an einem regnerischen Tag Kekse und schaut dabei eure liebsten Filme

Auch einen regnerischen Tag könnt ihr zu zweit nutzen. Wie wäre es beispielsweise mit einem Tag voller Kekse und Filme? Wählt eure Lieblingsrezepte aus und legt los – ob Schoko-Cookies, Vanillekipferl oder Haferflockenkekse, hier dürft ihr ganz kreativ werden.

Während eure Kekse dann im Ofen backen, könnt ihr schonmal überlegen, welche Filme ihr sehen wollt. Packt eure warmen Kekse in eine Schüssel, schnappt euch vielleicht etwas zu trinken und ein paar Decken und macht es euch vor dem Bildschirm gemütlich.

13. Schreibt eine Selbstliebe-Liste

Was liebst du an dir selbst ganz besonders?

Setzt euch zusammen und nehmt euch Zeit, jeweils eine Liste mit den Dingen zu erstellen, die ihr an euch liebt, die euch stolz machen, für die ihr einfach dankbar seid. Diese Übung scheint im ersten Moment sicher herausfordernd, ist aber unglaublich wertvoll für euer Selbstwertgefühl.

Denkt mal wieder an eure Stärken! Erinnert euch an die Eigenschaften, die euch einzigartig machen. Worin bist du richtig gut? Was ist ganz besonders schön an dir?

Nachdem ihr eure Listen fertiggestellt habt, tauscht sie miteinander aus und ergänzt sie mit weiteren positiven Eigenschaften und Talenten des anderen, die vielleicht vergessen wurden. So übt ihr euch nicht nur in eigener Selbstliebe, sondern schätzt auch einander wert.

14. Verbringt die Nacht in einem Baumhaus

Vielleicht habt ihr als Kind schonmal davon geträumt – eine Nacht im Baumhaus!

Ganz weit oben zwischen Bäumen und fern von eurem Alltag könnt ihr die Natur genießen und vielleicht sogar den Sternenhimmel bewundern. Ganz egal ob im eigenen Baumhaus, in dem des Nachbarn oder in Baumhaus-Hotels, die man buchen kann – ihr erlebt gemeinsam ein neues, stärkendes Abenteuer in ganz neuer Atmosphäre und Umgebung, von dem ihr sicher ewig noch erzählen könnt und ermöglicht euch mal wieder eine kleine Auszeit.

15. Erstellt ein Vision Board für eure individuellen und gemeinsamen Träume

Lasst eurer Kreativität heute mal freien Lauf und gestaltet zusammen ein Vision Board, das eure individuellen und gemeinsamen Träume beschreibt.

Ihr könnt mit dem Sammeln von Zeitschriften, Bildern, oder Drucken anfangen, euch das Ausschneiden, was eure Ziele repräsentiert, und anschließend auf ein großes Poster oder eine Pinnwand kleben. Vielleicht habt ihr Lust, euer Vision Board noch mit inspirierenden Zitaten und Symbolen oder motivierenden Wörtern zu ergänzen.

Wenn ihr euer fertiges Plakat zum Schluss an einem Ort aufhängt, den ihr täglich seht, könnt ihr euch regelmäßig an eure Träume erinnern und bei neuen, kreativen Ideen einfach weiter daran basteln.

16. Macht eine Foto-Expedition in der Natur und versucht, das perfekte Bild zu schießen

Schnappt euch eure Kameras oder Smartphones und erkundet die Natur zusammen!

Ob im Wald, am See oder auf einer Blumenwiese – ihr findet sicherlich so einige Motive, die ihr wunderbar festhalten könnt.

Ihr könnt euch sogar kleine Herausforderungen stellen: Wer macht das beste Tierfoto? Wer hat das kreativste Bild? Später ist es sicher lustig, all eure Fotos durchzugehen und zu vergleichen!

17. Teilt eure größten Sorgen und unterstützt euch gegenseitig

Nehmt euch die Zeit für ein tiefgründiges Gespräch über die Sorgen, die euch derzeit am meisten beschäftigen. Setzt euch an einen gemütlichen Ort und sprecht offen darüber, was euch belastet, sei es in Bezug auf die Arbeit, die Schule, persönliche Beziehungen oder andere Lebensbereiche.

Indem ihr eure Sorgen teilt, schafft ihr eine Atmosphäre des Vertrauens und der gegenseitigen Unterstützung. Gemeinsam könnt ihr überlegen, wie ihr mit diesen Sorgen umgehen könnt, und euch gegenseitig Kraft und Zuspruch geben. Dieses Gespräch zeigt, dass ihr nicht allein mit euren Problemen seid und dass ihr immer jemanden an eurer Seite habt, der euch versteht und unterstützt.

18. Organisiert eine Fahrradtour durch besonders schöne Landschaften

Wo ist es in eurer Umgebung am aller schönsten? Plant zu zweit eine Fahrradtour durch die Landschaft eurer Wahl!

Packt euch einen kleinen Rucksack mit Snacks zusammen. Denkt an Wasser und an eine Picknickdecke und los geht's!

Frische Luft und Bewegung tut gut – ganz besonders in schöner Umgebung! Unterwegs könnt ihr natürlich Pausen einlegen, um die Natur zu bewundern oder durchzuatmen und euer Picknick zu genießen.

19. Nehmt an einem Schlammlauf oder Hindernisrennen teil

Schlammrennen sind nicht nur ein intensives Workout, sondern auch ein Test für euer Durchhaltevermögen und euren Teamgeist. Gemeinsam rennt ihr durch den Schlamm und klettert über Hindernisse, kommt an eure Grenzen und könnt euch über eure Leistungen freuen. Mit so einem Schlammrennen erlebt ihr mal wieder etwas ganz Ausgefallenes. Und ganz besonders profitieren wird davon eure Beziehung, denn ihr rennt und klettert Seite an Seite, lernt, dass ihr euch aufeinander verlassen könnt und erlebt aktiv die Unterstützung des anderen.

Am Ende könnt ihr stolz auf eure Leistung zurückblicken und das Erfolgserlebnis feiern.

20. Plant einen „Selbstliebe-Tag“ und verwöhnt euch selbst

Gönnt euch einen Tag, der ganz im Zeichen der Selbstliebe steht. Welche Aktivitäten tun euch beiden gut? Was gibt euch ein Gefühl von Geborgenheit? Vielleicht plant ihr ein entspannendes Bad, eine Massage, einen Spaziergang in der Natur oder einen gemütlichen Leseabend.

Während dieses Tages könnt ihr auch darüber sprechen, was Selbstliebe für euch bedeutet und vielleicht sogar eine neue Selbstlieberoutine entwickeln, die ihr in euren Alltag einbauen könnt. So erinnert ihr euch mal wieder daran, wie wichtig es doch ist, sich regelmäßig selbst etwas Gutes zu tun und kreiert nebenbei eine schöne gemeinsame Erinnerung.

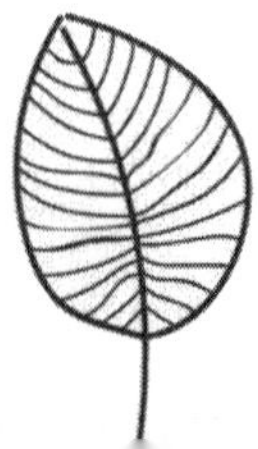

21. Besucht eine Ausstellung oder ein Museum und tauscht euch über eure Eindrücke aus

Besucht mal wieder eine Ausstellung oder ein Museum! Wählt eines, das euch beide interessiert und nehmt euch dort angekommen Zeit, euch gemeinsam wie auch individuell umzuschauen.

Was gefällt euch am meisten? Wovon seid ihr beeindruckt oder inspiriert? Vielleicht entdeckt ihr hier heute neue gemeinsame Interessen oder lernt mal wieder etwas ganz Neues. Denn so ein Museumsbesuch ist nicht nur immer wieder spannend, sondern auch eine Gelegenheit für ein neues Gespräch zwischen euch beiden.

22. Verbringt einen Tag im Tierheim und helft, wo ihr könnt

Nehmt euch heute mal den Tag frei, um als freiwillige Helferinnen in einem Tierheim zu arbeiten.

Dort verbringt ihr Zeit mit Hunden, Katzen, Kaninchen und anderen Tieren, die auf ein neues Zuhause warten und sicherlich ein wenig Liebe vertragen können.

Ihr dürft vielleicht bei der Pflege helfen, könnt Gassi gehen oder einfach nur mit den Tieren spielen und ihnen mal wieder ein wenig Aufmerksamkeit schenken.

Ein Tag, der nicht nur den Tieren guttun wird, sondern auch euch – was ist immerhin schöner als das Gefühl, etwas Gutes zu tun?

23. Schreibt eure persönlichen Mantras und teilt sie miteinander

Welche Sätze geben euch im Alltag Kraft und Zuversicht?

Mantras können kurze Sätze oder Worte sein, die euch daran erinnern, dass ihr stark, fähig und wertvoll seid. Notiert die Sprüche, die euch in den Sinn kommen. Genau das, was ihr im Alltag hören müsst, um ein wenig Energie zu tanken.

Diese Mantras könnt ihr jetzt miteinander teilen, besprechen, und erklären, warum euch gerade diese Worte so wichtig sind. Vielleicht habt ihr Lust, die Sprüche an euch sichtbaren Orten aufzuhängen oder in euer tägliches Notizbuch aufzunehmen. In jedem Fall hilft euch die Übung dabei, an einem positiven Gedankenmuster zu arbeiten.

24. Erstellt eine „Mut-Playlist“ mit Liedern, die euch Kraft geben

Musik kann unsere Stimmung beeinflussen und uns in schweren Zeiten stärken. Kennt auch ihr Lieder, die euch Mut machen, eure Laune heben und neue Energie geben? Setzt euch zusammen und erstellt daraus eine Playlist! Vielleicht könnt ihr einander sogar erklären, was euch an euren Lieblingssongs so sehr gefällt. Geht es euch um den Text? Hört ihr auf die Melodie?

Teilt all die die Erinnerungen und Gefühle, die ihr mit der Musik verbindet. Am Ende habt ihr eine gemeinsame Playlist, die euch nicht nur miteinander verbindet, sondern auch in schweren Zeiten ein wenig Unterstützung, Mut und Energie bietet.

25. Kreiert eure eigenen Mode-Accessoires

Schnappt euch Perlen, Bänder, Stoffreste oder Kleidung, die ihr nicht mehr tragt und werdet mal wieder richtig kreativ. Ihr könnt Armbänder flechten, einen Schal nähen oder alte Jeans auffrischen. Euch fehlen die Ideen? Brainstormt zusammen oder lasst euch einfach im Internet inspirieren!

Zum Schluss habt ihr coole Accessoires, die ihr jetzt nicht nur kombinieren könnt, sondern mit denen ihr eure gemeinsame Zeit und eure eigene Kreativität verbindet!

26. Pflückt gemeinsam Erdbeeren auf einem Erdbeerfeld

Wenn es wieder Erdbeerzeit ist, macht es nicht nur Spaß, die süßen Früchte zu kaufen und essen. Ihr könnt sie auch selbst pflücken!

Es gibt einige Höfe, die auf ihren Feldern jede Menge Erdbeeren anzupflanzen – und auf ausgewählten Flächen wird häufig die eigene Ernte angeboten. Stattet euch mit Körben und Schüsseln aus und pflückt so viel ihr wollt. Meist bezahlt ihr pro Kilo.

Mit euren Früchten könnt ihr in der Küche kreativ werden oder sie ganz einfach als Snack genießen – selbst geerntet schmecken sie jedenfalls am besten und ihr habt sicherlich Spaß bei dieser Aktivität!

27. Setzt euch monatliche Ziele und reflektiert über euren Fortschritt

Beginnt damit, euch am Anfang jeden Monats sowohl persönliche als auch gemeinsame Ziele zu setzen. Eure Ziele können in den verschiedensten Lebensbereichen liegen - Gesundheit, Karriere, Hobbies oder Beziehungen. Schreibt sie vielleicht sogar auf und überlegt, wie ihr sie erreichen könnt. Am Ende des Monats könnt ihr euch wieder zusammensetzen und reflektieren, was gut gelaufen ist oder woran ihr den nächsten Monat weiterarbeiten möchtet.

So setzt ihr nicht nur bewusst einen Fokus, sondern motiviert und unterstützt einander bei euren Fortschritten.

28. Teilt eure schönsten Erinnerungen und was sie euch bedeuten

Denkt an einem gemütlichen gemeinsamen Abend mal wieder an all die schönen Dinge, die ihr bisher so erlebt habt. Holt eure besten Erinnerungen hervor und erzählt davon.

Welche Momente haben dir besonders viel bedeutet? Was genau machen sie für dich so wichtig? Vielleicht sind es gemeinsame Erlebnisse, die euch besonders geprägt haben, oder individuelle Erfahrungen, die ihr teilen wollt.

29. Besucht ein Aquarium

Taucht bei einem Aquariums-Besuch wortwörtlich in die Unterwasserwelt ein und lernt gemeinsam mehr über die Bewohner der Ozeane.

Ganz ähnlich wie in einem Zoo oder botanischen Garten lauft ihr ganz in eurem Tempo an riesigen Becken vorbei und könnt über exotische Fische und Pflanzen staunen. Der Besuch ist nicht nur lehrreich, sondern sicherlich auch faszinierend, denn ihr seht die Welt hier mal wieder aus einer ganz neuen Perspektive!

30. Probiert zusammen ein veganes Rezept aus

Wie vertraut seid ihr mit der veganen Küche?

Traut euch heute mal an ein veganes Rezept heran! Wählt am besten etwas aus, das ihr beide noch nie gekocht habt – vielleicht ein veganes Curry oder eine pflanzliche Nachspeise. Auswahl gibt es genug, also durchstöbert ruhig Bücher und Rezept-Websites nach etwas, das euch gefällt.

Besorgt dann eure Zutaten, macht euch ans Kochen und seht, wie vielseitig und lecker die vegane Küche sein kann. Am Ende kommt das Beste: ihr könnt euer Gericht zusammen genießen und bewerten!

31. Verwandelt euer Wohnzimmer in ein Heimkino und veranstaltet eine Filmmarathon-Nacht

Verwandelt euer Wohnzimmer in einen Kinosaal! Kissen, Decken und vielleicht sogar eine kleine Popcornmaschine – heute Nacht könnt ihr das Kino zu euch nachhause holen.

Wählt eure Lieblingsfilme oder sogar eine Filmreihe aus und macht es euch bequem, denn der Abend wird lang!

Ihr könnt den Raum abdunkeln, euch in gemütliche Kleidung werfen und Snacks und Getränke besorgen. So eine Filmmarathon-Nacht ist nicht nur entspannend – ihr könnt hier mal wieder richtig gemeinsam lachen oder sogar weinen, aber vor allem coole Geschichten erleben.

32. Erzählt euch von den Momenten, in denen ihr euch am stärksten gefühlt habt

Wann habt ihr euch das letzte Mal so richtig stark gefühlt?

Nehmt euch heute mal die Zeit, um über die Momente zu sprechen, in denen ihr euch besonders gut und mutig gefühlt habt. Eure Geschichten können aus ganz verschiedenen Lebensbereichen stammen – sei es eine berufliche Herausforderung, die ihr gemeistert habt, oder eine persönliche Krise, die jetzt hinter euch liegt. Wenn ihr euch diese Geschichten erzählt, könnt ihr einander zeigen, was euch Stärke gibt. So inspiriert und unterstützt ihr euch – gerade in schwierigen Situationen – und feiert mal wieder das, was ihr bisher so gemeistert habt.

33. Startet eine spontane Roadtrip-Challenge ohne festes Ziel

Packt eure Sachen und macht euch auf zu einem Roadtrip – ohne festes Ziel und ohne festen Plan. Hier ist Spontanität gefragt Solche Reisen sind voller Überraschungen und unerwarteter Begegnungen.

Seid kreativ, lebt im Moment und genießt die gemeinsame Zeit. Entdeckt neue Orte und neue Gesprächsthemen und freut euch am Ende über eure Erlebnisse und ein weiteres Abenteuer, das euch zusammenschweißt.

34. Teilt eure größten Lebensziele und besprecht, wie ihr sie erreichen könnt

Lebensziele haben wir sicher alle – ob beruflich, persönlich oder in Beziehungen. Führt heute mal ein Gespräch über die Visionen eurer Zukunft. Worauf hofft ihr ganz besonders? Was wollt ihr unbedingt erreichen und welche Schritte sind notwendig dafür? Könnt ihr euch dabei vielleicht sogar auf irgendeine Art und Weise unterstützen?

Mit so einem schönen Gespräch festigt ihr eure langfristigen Pläne und macht einen weiteren Schritt auf eure individuellen und vielleicht ja auch ganz ähnlichen Lebensziele zu.

35. Unternehmt einen Ausflug in den botanischen Garten

Es geht in den botanischen Garten! Schlendert in eurem Tempo durch verschiedene Bereiche –exotische Blumen, riesige Bäume und seltene Pflanzen, die ihr so sonst nicht seht. Viele botanische Gärten bieten auch informative Tafeln oder sogar Führungen an – ihr lernt hier also eine Menge über die verschiedenen Pflanzenarten und ihre Herkunft.

Welche Pflanzen gefallen euch am besten? Welcher Bereich hat euch am meisten interessiert? So ein Ausflug ist nicht nur lehrreich, sondern auch eine schöne Gelegenheit, ein wenig exotischere Natur zu erleben.

36. Verbringt einen Nachmittag damit, eure Lieblingsspiele zu spielen

Kramt eure liebsten Brettspiele hervor oder startet eine Videospiel-Session!

Ganz egal, ob ihr eure Strategien bei Schach und Monopoly ausprobiert, ob euch UNO doch am besten gefällt oder ob ihr euch in einem Videospiel duelliert – es geht nur darum, gemeinsam Spaß am Spiel zu haben. Vielleicht setzt ihr euch sogar kleine Herausforderungen, stellt eure eigenen Regeln auf oder notiert eure Siege und Niederlagen. Genießt aber vor allem die Zeit, die ihr gemeinsam verbringt!

37. Baut gemeinsam ein Vogelhaus

Baut euer eigenes Vogelhaus!

Besorgt euch Holz, Nägel, Farbe und ein paar einfache Werkzeuge und gestaltet zusammen ein Vogelhaus ganz nach euren kreativen Ideen. Achtet darauf, dass es nicht zu groß oder zu klein ist; denkt an alles, was Vögel so brauchen, und hängt es dann an einem gut geeigneten Ort auf. Vielleicht im Garten oder auf eurem Balkon? Wenn ihr fertig seid, füllt euer Häuschen mit Vogelfutter und wartet ab, welche Vögel sich an euer Kunstwerk herantrauen!

38. Erstellt eine Liste mit Dingen, die ihr in den nächsten fünf Jahren erleben möchtet

Setzt euch zusammen und schreibt auf, die ihr in den nächsten fünf Jahren erleben möchtet. Ihr könnt ganz kreativ werden! Habt ihr Lust zu exotischen Orten zu reisen? Wollt ihre ein neues Hobby ausprobieren? Einen Kurs belegen? Oder persönliche Meilensteine erreichen?

Eure Liste soll nicht eure gemeinsamen Träume zusammenfassen, sondern auch sowas wie eine Roadmap für die nächsten Jahre eurer Beziehung darstellen. Ihr könnt sie stets aktualisieren und die Punkte abhaken, die ihr bereits erlebt habt!

39. Entdeckt die Natur bei einer Wanderung

Packt euren Rucksack, schnürt die Wanderschuhe und geht mal wieder wandern. Sucht euch dafür eine Route aus, die euch passend erscheint, packt ein Picknick, auf das ihr euch unterwegs freuen könnt und macht euch auf den Weg!

Sucht euch einen hübschen Ort für eure Pause aus und genießt sowohl euer Picknick als auch die Natur um euch herum. So einfach verbringt ihr einen schönen Tag mit Gesprächen, leckeren Snacks, Erinnerungen für die Zukunft und sogar Bewegung an der frischen Luft!

40. Schreibt zusammen eine Kurzgeschichte und illustriert sie mit eigenen Zeichnungen

Hier ist eure Fantasie gefragt, denn ihr werdet selbst zu Autorinnen!

Denkt euch gemeinsam eine Geschichte aus und schreibt sie nieder – habt ihr Lust auf ein Abenteuer? Eine Kindergeschichte mit schöner Pointe? Ein eigenes Erlebnis? Es muss nicht lang sein, ihr seid in eurer Kreativität ganz frei!

Sobald eure Geschichte fertig ist, könnt ihr euch ans Zeichnen machen. Malt passende Bildchen zu euren Szenen. Egal ob ihr nur Skizzen zeichnet oder bis ins Detail geht, zum Schluss habt ihr euer eigenes kleines Buch geschrieben und illustriert – ein richtiges Erfolgserlebnis und auf jeden Fall eine tolle Erinnerung an eure gemeinsame Zeit und Kreativität.

41. Organisiert einen Second-Hand-Shopping-Tag und sucht euch etwas aus

Plant einen Shopping-Tag – doch nur durch Vintage- und Second-Hand-Shops!
Ihr könnt dort alles mögliche finden. Hübsche Kleidung, Schmuck, Accessoires – probiert euch durch verschiedene Stile, wählt, was euch gefällt.

Am Ende des Tages geht ihr sicher nicht mit leeren Händen heim und vielleicht schaut ihr zukünftig öfter mal durch Second-Hand-Shops. Denn dort ist das Einkaufen nicht nur preiswerter, sondern auch besser für die Umwelt, weil es Müll und Ressourcen spart!

42. Sprecht über eure Erfahrungen mit Selbstzweifeln und wie ihr damit umgeht

Habt ihr oft mit Selbstzweifeln zu kämpfen? Was ist eure Strategie, mit diesen negativen Gedanken umzugehen?

Nehmt euch heute mal bewusst die Zeit, um offen über eure Erfahrungen mit Selbstzweifeln zu sprechen. Ihr könnt damit beginnen zu teilen, wann und wie diese Zweifel aufkommen und ob ihr vielleicht einen Weg habt, gegen sie anzukommen. Was hilft euch, euer Selbstvertrauen wieder zu stärken? Wie sehr belastet euch dieses Thema im Alltag und was kann euch diese Last nehmen?

Ihr seid nicht allein, wenn ihr euch unsicher fühlt – gerade das wird dieses gemeinsame Gespräch euch beiden mitgeben.

43. Schreibt eine „Wunschliste“ für das kommende Jahr

Ganz besonders passend ist diese Aktivität am Ende des Jahres. Ihr könnt ihr euch entspannt zusammensetzen und eine kleine (oder gar größere) Wunschliste für das kommende Jahr erstellen. Jeder von euch schreibt seine Wünsche, Träume und Ziele auf – hier geht es nicht nur um eure gemeinsamen Visionen, auch das Persönliche hat Platz!

Startet so das neue Jahr mit einem positiven Mindset und dem Fokus auf euren Zielen. Und am Ende des Jahres? Holt eure Liste wieder hervor und reflektiert! Was habt ihr erlebt? Was war besonders schön?

44. Macht einen Tagesausflug zu einem See

Nutzt einen sonnigen Tag aus und fahrt zu einem See!

Packt Schwimmsachen, Handtücher, Sonnenschutz und ausreichen Snacks und Getränke ein und macht euch auf den Weg. Ganz nach Lust und Laune könnt ihr Schwimmen gehen, Eis essen oder euch sonnen. Vielleicht habt ihr sogar Lust, ein kleines Boot zu mieten?

So ein entspannter See-Tag ist mal wieder ein wenig Erholung für euch beide und eine schöne Art, gemeinsam Zeit zu verbringen.

45. Besucht ein Planetarium und entdeckt zusammen das Universum

Reist zusammen ins All – ganz ohne die Erde zu verlassen!

In so einem Planetarium könnt ihr beide die Sterne, Planeten und Galaxien hautnah erleben. Die Darstellungen des Nachthimmels sind unheimlich faszinierend und bei eurem Besuch lernt ihr ganz neben all dem Staunen sicherlich eine Menge. Viele Planetarien bieten auch Shows oder Vorträge an – vielleicht findet ihr etwas, das euch besonders interessiert.

Gemeinsam zu lernen und zu staunen, macht schließlich am meisten Spaß!

46. Macht eine Heißluftballonfahrt

Traut euch in einen Heißluftballon!

Die Welt mal aus der Vogelperspektive zu betrachten, ist ein Erlebnis, das ihr bestimmt nicht so schnell vergesst.

Teilt Adrenalin, Aufregung und Begeisterung vergesst mal wieder euren Alltag. Denn was verbindet mehr als ein weiteres neues Erlebnis, für das man sicherlich ein bisschen Mut braucht?

47. Backt eine Torte und dekoriert sie

Ihr braucht zuerst ein Grundrezept für den Kuchenboden und könnt dann kreativ entscheiden, welche Cremes, Füllungen, Farben und Dekorationen eure Torte haben soll.

Vielleicht soll es eine Schokoladentorte mit Früchten werden? Oder etwas Schlichteres mit Blumenverzierung? Probiert euch aus! Schnappt euch Streusel und Lebensmittelfarben und freut euch am Ende über eure kreative, selbstgemachte Torte, die ihr natürlich zu zweit auch gleich probieren solltet!

48. Geht zusammen auf eine Fahrradtour oder einen Spaziergang entlang eines Flusses

Eure heutige Tour müsst ihr anhand eines wichtigen Kriteriums heraussuchen – der Weg soll entlang eines Flusses verlaufen.

Nicht nur bietet das Wasser eine schöne Aussicht, nein, ihr habt auch die Chance, eine Menge Wassertiere beobachten zu können. Packt einen kleinen Rucksack mit Wasserflaschen und einem Snack und lauft los. Macht so viele Pausen wie ihr wollt und traut euch ruhig nah an den Fluss heran! Vielleicht wollt ihr an flachen Stellen sogar ein paar Schritte darin machen oder wenigstens eure Füße baumeln lassen? Zu zweit macht so ein Ausflug stets am meisten Spaß und in Kombination mit Natur, Wasser und Bewegung habt ihr einen wunderschönen Tag!

49. Plant einen DIY-Wellness-Tag mit selbstgemachten Gesichtsmasken und Maniküren

Habt ihr mal wieder Lust auf ein wenig Entspannung? Dann verwöhnt euch heute mal mit einem ganz eigenen Wellness-Tag.

Fangt zum Beispiel mit einem heißen Bad an und bereitet danach eure Gesichtsmasken vor. Vielleicht klingt eine beruhigende Maske mit Honig und Joghurt passend? Vielleicht eher eine erfrischende Gurkenmaske? Ihr könntet euch auch Hand- und Fußbäder vorbereiten, eure Haut mit Peelings pflegen oder euch gegenseitig Maniküren und Pediküren geben. Kuschelt euch einfach in Bademäntel und macht, was sich heute gut anfühlt. Schließt euren kleinen Wellness-Tag mit einer Tasse Tee und Gesprächen ab. Die perfekte Gelegenheit, gemeinsam ein wenig runterzukommen!

50. Macht einen Fallschirmsprung zusammen

Habt ihr Lust auf Adrenalin? Dann wagt euch gemeinsam an einen Fallschirmsprung! Nichts verbindet mehr als ein Abenteuer und gemeinsam aus mehreren tausend Metern Höhe springen.

Anschließend durch die Lüfte gleiten ist ganz bestimmt etwas, das man nicht so schnell vergisst. Gemeinsam könnt ihr vielleicht sogar Ängste überwinden und euch darin üben einander und euch selbst zu vertrauen – in jedem Fall kommt ihr nach eurem Flug auch in eurer Beziehung gestärkt auf dem Boden an.

51. Probiert einen Bungee-Sprung aus

Stürzt euch wortwörtlich gemeinsam ins Abenteuer und wagt einen Bungee-Sprung! Der Moment, in dem ihr euch in die Tiefe fallen lasst, braucht eine Menge Mut und Vertrauen – nicht nur in die Ausrüstung, sondern auch in euch selbst und einander.

Ihr erlebt diesen Moment miteinander! Ihr könnt euch gemeinsam auf ein neues Abenteuer einlassen und dabei unterstützen – mit Sicherheit ein weiteres, ausgefallenes Highlight eurer Beziehung.

52. Organisiert einen Spieleabend mit neuen und alten Klassikern

Holt eure Lieblingsspiele heraus und sucht euch ein paar neue Spiele, die ihr noch nicht kennt, und macht daraus einen Spieleabend. Ladet vielleicht noch ein paar Freundinnen oder Familienmitglieder ein und legt los. Besorgt euch ein paar Snacks und Getränke und spielt so viel ihr wollt! Besonders spannend wird es bei den euch bisher unbekannten Spielen.

Dieser Abend bietet euch mal wieder die perfekte Gelegenheit, zu lachen, zu gewinnen und zu verlieren, etwas Neues auszuprobieren und mal wieder richtig Spaß zusammen zu haben.

53. Besucht einen historischen Ort in eurer Nähe

Besucht einen historischen Ort in eurer Umgebung! Ganz gleich ob eine alte Burg, ein Schloss, ein Museum oder eine Gedenkstätte – mit Sicherheit lernt ihr dort etwas Neues und werft mal wieder einen Blick in die Vergangenheit eures Wohnortes.

Einige dieser historischen Stätten bieten auch Führungen oder Ausstellungen an, die euren Besuch noch interessanter machen könnten. Also haltet gern die Augen offen und informiert euch vor eurem Besuch!

54. Verkleidet euch und geht zu einem Kostümball

Kauft euch Tickets für einen Kostümball und legt euch mit euren Verkleidungen richtig ins Zeug. Vielleicht wird das Thema vorgegeben, vielleicht könnt ihr euch selbst ein Motto überlegen! Euer Abend beginnt bereits mit dem Spaß, sich zusammen auf das Event vorzubereiten und in eure Verkleidung zu schlüpfen – werdet kreativ! Und auf dem Ball angekommen könnt ihr tanzen, lachen und eure Zeit zusammen in einer ganz neuen Welt genießen.

55. Verbringt einen Nachmittag damit, alte Familienfotos anzusehen

Werft einen Blick in die Vergangenheit eurer eigenen Familie und kramt mal wieder Familienfotos und -Alben hervor. Setzt euch gemütlich hin, vielleicht mit einer Tasse Tee oder Kakao, wenn ihr Lust habt, und stöbert durch die Bilder, die ihr so finden konntet.

Was haben eure Verwandten so getragen? Wie sah eure Heimat früher aus? Welche Geschichten gibt es zu den Bildern und Gesichtern, die ihr seht? An was erinnert ihr euch besonders gern?

So ein Nachmittag bietet mal wieder die Möglichkeit, sich an bereits Vergangenes zu erinnern und die Erlebnisse der Familie ein wenig wertzuschätzen.

56. Macht eine Fahrradtour zu einem unberührten See

Gibt es in eurer Nähe ein abgelegenes Gewässer? Einen kleinen See oder einen ruhigen Bach?

Solche unberührten Orte wirken oft ganz besonders entspannend und bieten euch beiden die Möglichkeit auf ein sehr ruhiges Abenteuer durch die Natur. Holt die Fahrräder raus und macht euch mal wieder auf den Weg durch eure Umgebung.

An dem Gewässer eurer Wahl lässt sich wunderbar eine etwas längere Pause einlegen. Nehmt euch Zeit für ein Picknick, zum Lesen oder sogar Meditieren. Der Ausflug bietet wirklich eine schöne Gelegenheit, euch an der frischen Luft zu bewegen und gemeinsam zur Ruhe zu kommen.

57. Probiert zusammen etwas Neues wie Bogenschießen oder Badminton aus

Wart ihr schonmal Bogenschießen oder Badminton spielen? Heute geht es ums Ausprobieren!

Traut euch an eine der beiden Sportarten. Vielleicht habt ihr Lust, einen Kurs zu belegen. Vielleicht möchtet ihr euch die Sportart selbst aneignen. In beiden Fällen sollt ihr mal wieder versuchen, Spaß daran zu finden, etwas Neues auszuprobieren! Zu zweit funktioniert sowas am allerbesten – immerhin meistert ihr die Herausforderung gemeinsam, motiviert euch, könnt zusammen lachen und lernen und zum Schluss auch gemeinsam stolz auf eure Leistung sein!

58. Nehmt an einem „Escape Room"-Abenteuer teil

Stellt eure Zusammenarbeit und euer logisches Denken in einem „Escape Room" auf die Probe! Ihr werdet dort gemeinsam in einen Raum gesperrt und müsst innerhalb einer bestimmten Zeit diverse Rätsel lösen, um zu entkommen.

Ganz bestimmt kommt ihr ziemlich ins Nachdenken! Und während ihr Spaß habt, fördert ihr eure Kommunikation, Kreativität und Bindung, denn ihr müsst hier auf jeden Fall als Team agieren. Der Nervenkitzel und die gemeinsame Erfolgserfahrung zum Schluss machen dieses Erlebnis für euch beide unvergesslich.

59. Teilt eure Lieblingszitate und warum sie euch inspirieren

Gibt es Zitate, die euch schon in schwierigen Zeiten Mut gemacht haben oder euch im Alltag inspirieren? Sucht diese heraus und sammelt sie für eine weitere gemeinsame Aktivität!

Jeder von euch kann dabei seine liebsten Zitate teilen und erklären, warum sie ihm so wichtig sind. Vielleicht stammen sie aus einem Buch, das du gelesen hast? Aus inspirierenden Filmen oder Liedern? Womöglich von starken Persönlichkeiten?

Schreibt euch diese Zitate auf, hängt sie an einen passenden Ort, notiert sie in einem Kalender und lasst euch davon gleich langfristig inspirieren und ermutigen!

60. Plant einen Wochenendausflug in eine Stadt

Nehmt euch ein Wochenende lang Zeit für einen kleinen Trip in die Stadt eurer Wahl. Sucht euch aus, was euch interessiert und erkundet eure auserwählte Stadt am besten zu Fuß.

Schlendert durch Einkaufsstraßen, macht Pausen in kleinen Cafés und informiert euch über die Geschichte des Orts, den ihr grade entdeckt. Vielleicht habt ihr Interesse an Museen oder schönen Restaurants?

So eine Mini-Reise bietet euch beiden die perfekte Gelegenheit, eine neue Umgebung zu entdecken und gemeinsam ein paar neue Erinnerungen zu sammeln.

61. Besucht ein verrücktes Festival oder eine bunte Veranstaltung

Macht etwas ganz Ausgefallenes und sucht euch ein Festival oder eine Veranstaltung, die ihr beide noch nie erlebt habt. Ob es sich um ein farbenfrohes Holi-Fest, ein mittelalterliches Spektakel oder eine verrückte Kunstperformance handelt – auf so einem Event schafft ihr es, gemeinsam in eine völlig neue Welt einzutauchen.

Ungewöhnliche Erlebnisse bleiben uns doch am längsten im Kopf und bringen euch beide hoffentlich zum Lachen.

62. Verbringt einen Tag im Schwimmbad

Wann habt ihr euch das letzte Mal auf eine Wasserrutsche getraut?

Sucht euch ein Erlebnisbad in eurer Nähe heraus und probiert euch durch die verschiedenen Angebote. Testet die Rutschen, schwimmt ein paar Bahnen. Vielleicht verfügt das Schwimmbad sogar über Whirlpools und eine Sauna?

So ein Ausflug ist mal wieder etwas anderes! Abwechslung im Alltag tut gut und in so einem Schwimmbad lässt es sich ganz einfach entspannen und gemeinsam Spaß haben.

63. Nehmt euch Zeit für eine DIY-Kreativstunde – bastelt Deko für euer Zimmer

Plant eine DIY-Kreativstunde, in der ihr eigene Deko-Elemente bastelt. Vielleicht habt ihr Lust, euch an Bilderrahmen zu probieren, Kissenbezüge zu bemalen oder sogar kleine Wandregale zu bauen und anzubringen – eurer Kreativität ist keine Grenze gesetzt!

Das Internet gibt jede Menge Anleitungen und Ideen her. Ihr braucht also nur Materialien, Werkzeug und Motivation.

Etwas Eigenes zu kreieren, macht immer am meisten Spaß und ist außerdem ganz besonders persönlich. Gerade wenn man gemeinsam daran arbeitet, ist so eine kleine DIY-Session ziemlich lustig – und zum Schluss profitiert euer Zimmer davon!

64. Plant einen Trip in die Berge

Packt die Wanderschuhe ein und macht euch auf den Weg in die Berge.

Wie schön ist es, ab und an mal wieder zu erkunden, was die Natur so zu bieten hat? Hohe Berge gehören da beispielsweise dazu und in dieser doch sehr besonderen, einzigartigen Landschaft lässt es sich besonders gemeinsam fantastisch ein wenig Zeit verbringen.

Sucht euch vielleicht eine Wanderroute aus und entdeckt Gebirge, Wälder und Bäche. Macht Pause in einer Hütte und lasst euch traditionelles Essen schmecken.

Ein solcher Ausflug zu zweit hat Potential für schöne Gespräche, die erstaunlichsten Aussichten und ein paar neue Erinnerungen für euch beide.

65. Erstellt ein Fototagebuch eines gemeinsamen Ausflugs und gestaltet es zu Hause

Haltet euren nächsten Ausflug in ganz vielen verschiedenen Fotos fest. Macht Bilder von euch und den Dingen und Momenten, die euch gefallen! Wenn ihr nach Hause kommt, druckt die Bilder aus und klebt sie beispielsweise in ein Notizbuch oder Fotoalbum. Ihr könnt die Fotos mit Notizen, Informationen, Geschichten und Zeichnungen ergänzen und haltet so ganz einfach euer ganz privates Erinnerungsstück in den Händen.

So lasst ihr den Ausflug nicht nur direkt Revue passieren, sondern haltet ihn für die Ewigkeit fest.

66. Besucht einen Bauernmarkt und kauft frische Zutaten für ein gemeinsames Abendessen ein

In den meisten Regionen gibt es die verschiedensten Bauernmärkte. Schlendert gemeinsam über einen in eurer Nähe und probiert frisches Obst, Gemüse, Käse und andere Leckereien. Dort könnt ihr kaufen, was in eurer Umgebung wächst und hergestellt wird.

Aus den Produkten, die ihr kauft, könnt ihr heute Abend ein leckeres Essen zaubern! Mit frischen und regional angebauten Lebensmitteln funktioniert das Kochen am besten und zu zweit habt ihr sicherlich Spaß daran.

Zum Schluss habt ihr nicht nur ein schmeckendes Gericht, sondern ihr wisst auch, dass ihr Bauern und Händler eurer Region bei eurem Kauf unterstützt habt!

67. Startet ein 24-Stunden-Fotoprojekt und dokumentiert euren Tag

Startet ein eigenes kleines Fotoprojekt! Dafür nehmt ihr euch vor, einen ganzen Tag lang jede Stunde ein Foto zu machen, um euren Alltag zu dokumentieren. Beginnt zum Beispiel beim Frühstück oder gleich beim Aufstehen, fotografiert euren Spaziergang, eure Gespräche, kleine Details, die euch ins Auge fallen, und nette Begegnungen.

Am Ende des Tages könnt ihr die Fotos gemeinsam anschauen und darüber reden. So werdet ihr mal wieder daran erinnert, wie viel Schönes in den kleinen Momenten des Alltags steckt.

68. Macht eine Tour zu einem interessanten Ziel in eurer Umgebung und gönnt euch eine Belohnung

Sucht euch ein spannendes Ziel in eurer Umgebung aus und macht einen Ausflug dahin! Ob mit dem Rad oder zu Fuß ist euch überlassen – am besten aber solltet ihr aktiv sein, denn das Ziel eures Ausfluges ist es heute, diesen mit einer Belohnung abzuschließen. Vielleicht plant ihr ein besonderes Picknick, sucht ein richtig leckeres Restaurant heraus, kauft ein Eis oder gönnt euch ein materielles Andenken?

So schafft ihr gemeinsam neue Erinnerungen, entdeckt etwas Neues und erlebt mal wieder die Freude einer kleinen oder gar größeren Belohnung am Ende des Tages.

69. Probiert ein außergewöhnliches Kochrezept aus einer fremden Kultur

Traut euch heute an ein exotisches Kochrezept, das ihr noch nie zuvor probiert habt. Sucht euch ein Gericht aus einer fremden Kultur, das euch beiden zusagt – vielleicht etwas aus der thailändischen, marokkanischen oder peruanischen Küche – und besorgt die dafür nötigen, oft ungewöhnlichen Zutaten.

Bereits der kleine Einkaufstrip ist sicher lustig! Und gerade das gemeinsame Kochen und Entdecken neuer Geschmacksrichtungen macht nicht nur Spaß, sondern erweitert auch euren kulinarischen Horizont. Euer fertiges Gericht dann gemeinsam zu genießen, rundet euer Experiment zum Schluss natürlich ab.

70. Macht eine Nachtwanderung durch den Wald

Habt ihr schonmal eine Nachtwanderung gemacht? In der Dunkelheit wirkt die Natur ganz anders. Sucht euch gemeinsam eine euch bekannte Route aus, über Felder, Wiesen und vielleicht sogar durch den Wald. Denn wenn die Dunkelheit hereinbricht, verändert sich der Wald – Geräusche werden intensiver, die Luft kühler, und so manche Tiere wacher. Mit Taschenlampen ausgestattet könnt ihr ein wenig erkunden und vielleicht sogar Waldbewohner entdecken, die ihr am Tag nicht seht!

71. Plant einen Ausflug an die Küste

Packt eure Badesachen ein und lasst den Alltag zurück – nehmt euch Zeit für einen Ausflug an die Küste.

Die Natur hat eine Menge zu bieten und gerade das Meer ist eine wirkliche Besonderheit. Geht am Strand spazieren, sammelt Muscheln und genießt die gute Luft! Ihr könnt schwimmen gehen und zur Ruhe kommen, Gespräche führen und die Umgebung entdecken. Dieser Ausflug ist nicht nur perfekt für Zeit zu zweit, ganz weit weg von eurem Alltag, sondern verspricht sicherlich noch mehr schöne Erinnerungen für euch beide.

72. Verbringt einen Nachmittag in einer Bibliothek oder Buchhandlung und findet neue Lieblingsbücher

Verbringt einen Nachmittag in einer Bibliothek oder einer Buchhandlung.

Stöbert durch die Regale, entdeckt die verschiedenen Autoren und verschiedene Themen. Vielleicht habt ihr Bücher, die ihr einander empfehlen möchtet? Welches Genre muss die andere auf jeden Fall mal ausprobieren? Habt ihr sogar sowas wie eine Leseliste mit Büchern, die ihr unbedingt lesen möchtet?

Setzt euch in eine gemütliche Leseecke, lest ein paar Seiten und tauscht euch aus. So ein Nachmittag ist perfekt, um neue und schon bekannte Bücher zu entdecken und euch darüber auszutauschen.

73. Erstellt gemeinsam eine Playlist mit euren Lieblingsliedern und tanzt dazu

Macht aus eurem Wohnzimmer eine Tanzfläche! Wozu hier getanzt werden soll? Zu euren Lieblingsliedern!

Sammelt all die Songs, die ihr beide und jeder ganz individuell liebt und erstellt daraus eine Playlist. Ganz bestimmt wird das eine bunte Mischung aus euren Geschmäcken, verschiedenen Epochen und Genres. Vielleicht verbinden euch die Lieder bereits, vielleicht lernt ihr so ein paar ganz neue Songs kennen.

Sobald ihr mit eurer Playlist zufrieden seid, dreht die Lautstärke auf und tanzt einfach drauf los. Sowas macht jede Menge Spaß! Teilt eure Moves, singt die Texte mit – sicher werdet ihr einiges zu lachen haben und diesen Moment wie auch eure Beziehung immer mit dieser einzigartigen Playlist verbinden.

74. Besucht eine Kunstgalerie und diskutiert über eure Lieblingswerke

Besucht gemeinsam eine Kunstgalerie. Schlendert an den verschiedenen Werken vorbei und versucht, sie auf euch wirken zu lassen. Sicherlich faszinieren euch verschiedene Dinge – ihr könnt unheimlich spannende Gespräche darüberführen, was euch inspiriert und was die Kunstwerke für euch bedeuten!

Wie gefiel euch die Ausstellung insgesamt? Was war euer liebster Part? Worüber denkt ihr nach? Vielleicht entdeckt ihr Gemeinsamkeiten in eurem Kunstgeschmack, vielleicht seid ihr euch ähnlich – mit Sicherheit aber erlebt ihr einen inspirierenden Ausflug und nehmt etwas daraus mit.

75. Erstellt eine gemeinsame „Bucket List“ mit Zielen, die ihr zusammen erreichen möchtet

Diese Activity ist, aus diesen Aktivitäten hier im Buch eure Liste zusammen zu stellen.

Setzt euch zusammen und überlegt, was ihr gemeinsam noch so erleben möchtet. Erstellt eine „Bucket List“, die all diese Dinge enthält – sei es ein Urlaub zu einem exotischen Ort, ein neues Hobby oder ein gemeinsamer Ausflug. Eure Liste kann sowohl große als auch ganz kleine Ziele umfassen. Solang sie euch beide begeistern und verbinden, sind euch keine Grenzen gesetzt.

Beim Verwirklichen eurer eigenen Bucket List könnt ihr dann nicht nur eine Menge neuer gemeinsamer Erinnerungen schaffen, sondern auch die Bindung zwischen euch stärken.

76. Pflückt einen Blumenstrauß

Ganz egal, ob in eurem Garten, einer nahegelegenen Wiese oder extra für diesen Zweck angebaute Blumenfelder, bei welchen das Pflücken ein paar Euro kostet – geht heute zu zweit nach draußen und pflückt einen Blumenstrauß!

Vielleicht findet ihr eure Lieblingsfarben, vielleicht sogar eure Lieblingsblumen. Vielleicht sucht ihr ein paar Minuten, bis euer Strauß eurer gewünschten Fülle entspricht, vielleicht werdet ihr sehr schnell fündig. Sicherlich habt ihr aber Spaß am Pflücken! Nicht nur, weil das eine tolle Aktivität an der frischen Luft ist, sondern auch weil Blumen einfach glücklich machen.

Zum Schluss habt ihr euren eigenhändig gepflückten Strauß, mit dem ihr euer Zuhause schmücken oder einem lieben Menschen eine Freude machen könnt.

77. Macht gebrannte Mandeln selbst

Diese Aktivität empfiehlt sich natürlich besonders in der Weihnachtszeit auszuprobieren, wenn ihr Lust habt, könnt ihr euch aber auch zu jeder anderen Zeit des Jahres ans Kochen trauen. Es geht nämlich um gebrannte Mandeln!

Meistens kauft man die nur auf Weihnachtsmärkten, doch nehmt euch zu zweit ein wenig Zeit und ihr könnt die Süßigkeit auch ganz einfach allein nachmachen!

Sucht euch ein Rezept, kauft die nötigen Zutaten ein und legt gemeinsam los. Mal wieder etwas Neues auszuprobieren, macht zu zweit am meisten Spaß und bei dieser Aktivität könnt ihr euch zum Schluss direkt mit ein paar eurer eigenen gebrannten Mandeln belohnen!

78. Kocht ein Gericht aus einem Land, in dem ihr schonmal Urlaub gemacht habt

Bestimmt erinnert ihr euch noch an diverse gemeinsame Urlaube – sucht euch heute ein Land aus, das ihr schonmal besucht habt und kocht ein dort traditionelles Gericht nach. Vielleicht ist es ein Essen, das ihr in eurem Urlaub sogar schon probiert habt, vielleicht sucht ihr euch etwas heraus, das ihr interessant findet und neu ausprobieren möchtet!

Kauft die Zutaten ein, die ihr braucht und macht euch gemeinsam daran, das Gericht eurer Wahl zu kochen. Vielleicht benutzt ihr neue Gewürze oder fremde Zutaten?

Am Ende des Abends könnt ihr eure Kreation gemeinsam probieren, Neues über eine andere Koch-Kultur lernen und fühlt euch vielleicht ein wenig an euren Urlaubsort zurückerinnert.

79. Verbringt einen Nachmittag im Kino und schaut euch mehrere Filme hintereinander an

Habt ihr schonmal einen Kinomarathon gemacht? Besucht dafür nicht nur einen Film, sondern schaut euch gleich mehrere nacheinander an. Sucht euch Kino mit verschiedenen Filmen, die euch interessieren. Ihr könnt euch vorher mit Popcorn, Süßigkeiten und Getränken ausstatten – so macht das Ganze nämlich am meisten Spaß!

So ein Filmmarathon ist eine Möglichkeit für euch beide, abzuschalten und euch mit den verschiedensten Filmen auseinanderzusetzen. Ihr macht mal wieder was Neues und habt am Ende eures Nachmittags sicherlich jede Menge neuer Gesprächsthemen.

80. Erstellt ein Rezeptbuch aus euren Lieblingsrezepten

Sammelt individuell eure liebsten Gerichte zusammen und sucht oder notiert das passende Rezept zu euren Favoriten. Dann geht es ans Austauschen und Sortieren, denn aus euren Lieblingsgerichten wird jetzt ein Rezeptbuch erstellt. Ihr könnt digital arbeiten, oder euch ein Notizbuch besorgen – beides funktioniert wunderbar! Überlegt euch Kategorien eurer Wahl – Vorspeisen, Suppen, Hauptspeise, Gebäck, Snacks? Hier könnt ihr euch ganz eurem Geschmack anpassen!

Zum Schluss haltet ihr ein selbst erstelltes Kochbuch in den Händen – mit all den Gerichten, die ihr liebt. Ein unheimlich persönliches, nützliches Erinnerungsstück aneinander und an eure gemeinsame Zeit und den Spaß beim Erstellen!

81. Nehmt an einem Kurs für Improvisationstheater teil

Probiert gemeinsam Improvisationstheater aus! Hier geht es nicht nur darum, zuzusehen – nein, ihr dürft selbst auf der Bühne kreativ werden. Bei einem solchen Kurs lernt ihr, spontan zu sein, aufeinander zu reagieren und kreativ zu denken.

Diese Übungen und Spiele sind nicht nur lustig, sondern fördern auch eure Fähigkeit, im Moment zu leben und flexibel auf neue Situationen einzugehen. Mit Sicherheit werdet ihr gemeinsam lachen können und euch am Ende über eure gemeinsame Erfahrung austauschen. Improtheater macht nämlich nicht nur viel Spaß, sondern fördert auch das Selbstvertrauen und die Teamfähigkeit.

82. Geht auf eine Schatzsuche mit Geocaching

Traut euch heute auf ein eher modernes Abenteuer und probiert Geocaching aus!

Diese digitale Schatzsuche führt euch mithilfe eines GPS-Geräts oder einer Smartphone-App zu versteckten „Caches“, die ihr sucht. Wählt eine interessante Route aus, folgt den Koordinaten und entdeckt ganz neue Orte, die ihr sonst vielleicht nie gesehen hättet. Während ihr nämlich spaziert und die Möglichkeit für spannende Gespräche habt, müsst ihr natürlich darauf achten, dass ihr eurem Ziel näherkommt! Irgendwo hält sich nämlich eine Überraschung versteckt, die ihr dann mit eurem eigenen Cache austauschen könnt.

83. Verbringt einen Tag im Garten und pflanzt zusammen Blumen oder Gemüse an

Plant einen Tag, an dem ihr zusammen Blumen, Kräuter oder Gemüse anpflanzt. Besorgt Samen eurer Wahl, sucht Setzlinge aus, kauft Erde und passendes Gartenwerkzeug und legt gemeinsam los.

Ihr könnt Beete anlegen, hübsche Töpfe bepflanzen oder sogar sowas wie ein Hochbeet bauen. Zusammen macht Arbeit dieser Art immer am meisten Spaß und zum Schluss habt ihr neue Pflanzen in die Welt gesetzt, denen ihr jetzt beim Wachsen zuschauen könnt.

84. Nehmt euch einen Tag, um neue Rezepte auszuprobieren und gemeinsam zu kochen

Probiert euch heute mal in der Küche ganz neu aus!

Ihr könnt individuell oder gemeinsam Rezepte ausprobieren, Hauptsache sie fordern euch heraus. Gibt es ein Gericht, das ihr schon immer mal testen wolltet? Heute ist der Tag dafür!

Kauft ein und legt los. Wenn etwas schief geht, kein Problem! Neue Dinge sind immerhin für jeden herausfordernd und ihr habt stets einander, um euch bei Komplikationen zu unterstützen. Am Ende des Tages habt ihr nicht nur neue Gerichte gezaubert, sondern euch mal wieder neu ausprobiert.

85. Schreibt einen Brief an euer zukünftiges Ich und teilt eure Hoffnungen und Träume

Ein Brief an euer zukünftiges Ich – eine wunderschöne Idee, an die man sich gut zusammen wagen kann.

Schnappt euch Stift und Papier und legt einfach los. In euren Brief kann alles, was euch so in den Kopf kommt. Erzählt eurem Ich aus der Zukunft von eurem aktuellen Lebensstand. Was sind deine Träume und Hoffnungen? Hast du Ratschläge und Erinnerungen für dich selbst? Was möchtest du auf jeden Fall erreicht haben?

Eure Briefe könnt ihr in einem sicheren Umschlag verschließen und erstmal weglegen. Holt sie dann an einem festgelegten Datum wieder heraus – in drei Jahren? Fünf vielleicht? – und staunt zusammen darüber, wie sich euer Leben und eure Perspektive verändert hat

86. Geht auf eine Fahrradtour und macht unterwegs Fotos von allem, was euch inspiriert

Verbindet Bewegung und Kreativität und macht heute eine Fahrradtour mit Fotografie!

Packt dafür eure Kameras oder Smartphones ein und erkundet eure Umgebung. Während ihr fahrt, könnt ihr euch nach spannenden Motiven umschauen – vielleicht gefällt euch ein idyllischer Landschaftsausblick, eine schmale Gasse oder einfach nur ein Baum im Sonnenlicht.

Eure kleine Tour verbindet ganz einfach gemeinsame Zeit, Gespräche, Bewegung und die Kunst, das Besondere im Alltäglichen zu entdecken. Und am Ende habt ihr eine tolle Sammlung von Bildern!

87. Versucht euch an einem ungewöhnlichen Sport, wie Curling oder Quidditch

Fordert euch mal wieder so richtig heraus, indem ihr euch an einem ungewöhnlichen Sport versucht, den ihr beide noch nie ausprobiert habt. Curling, Quidditch, Bogenschießen oder gar Bubble Soccer – ihr habt jede Menge Möglichkeiten.

Solche Aktivitäten machen es möglich, gemeinsam etwas ganz Neues zu lernen und dabei sogar eure sportlichen Fähigkeiten auf die Probe zu stellen. Euer Spaß steht hier im Vordergrund! Hoffentlich werdet ihr viel lachen und euch über die gemeinsamen Erfolge (und vielleicht auch Missgeschicke) amüsieren.

88. Besucht ein Science-Center oder Technisches Museum

Besucht gemeinsam ein Science-Center oder technischen Museum! Dort könnt ihr oft auf interaktive Weise mehr über physikalische Phänomene, Raumfahrt, Robotik und viele andere wissenschaftliche Themen lernen. In einigen Ausstellungen könnt ihr euch an Experimenten ausprobieren oder euch in einer Führung jede Menge erklären lassen.

Der Tag wird nicht nur lehrreich, sondern auch bestimmt ziemlich faszinierend. Erweitert euer Wissen gemeinsam und lasst euch begeistern!

89. Kauft Blumen und arrangiert euren eigenen Strauß

In diversen Supermärkten und Blumenläden werden Sträuße aus nur einer Blumenart verkauft. Ihr könnt dort zum Beispiel Tulpen und Rosen oder schlichte helle Blümchen und dekorative Gräser finden. Besorgt euch verschiedene Blumensorten und arrangiert daraus einen eigenen, kreativen Blumenstrauß!

Sucht zu Beginn gemeinsam ein Farbschema aus oder überlegt euch, welche Blumen ihr am liebsten kombinieren würdet – werdet kreativ, denn aus den verschiedenen einzelnen Sträußen könnt ihr nun gemeinsam etwas Neues arrangieren.

Mit Blumen zu arbeiten, macht euch sicherlich Spaß. Ihr könnt völlig frei ausprobieren, was zusammenpasst und nach und nach aus den verschiedenen Blüten, Farben und Formen einen für euch stimmigen Strauß erstellen – wunderschön als Geschenk oder Dekoration und ein kreatives Zusammenspiel aus euren beiden Geschmäcken!

90. Besucht ein neues Restaurant und probiert gemeinsam unbekannte Gerichte

Sucht euch heute mal ein Restaurant heraus, in dem ihr noch nie gewesen seid! Wählt am besten eine Küche aus, die euch neugierig macht –thailändisch, äthiopisch, vielleicht peruanisch?

Oft neigt man dazu, etwas zu bestellen, das man auf jeden Fall mag – probiert heute einmal, ein Gericht auszuwählen, das ihr noch gar nicht kennt! So probiert ihr mal wieder etwas Neues aus und findet dabei vielleicht sogar einen neuen Favoriten.

91. Nehmt an einem Töpferkurs teil

In einem Töpferkurs könnt ihr euch kreativ ausprobieren! Mit Ton, Wasser, euren Händen und Werkzeug lernt ihr zum Beispiel, Gefäße oder Dekoration zu töpfern. Ihr übt euch also nicht nur in einer Handfertigkeit, sondern lernt auch den Umgang mit Ton und macht die Erfahrung, selbst etwas herzustellen.

Zu zweit könnt ihr euch beim Lernen und Werkeln unterstützen und mal wieder gemeinsam kreativ werden!

Eure eigenen Kunstwerke könnt ihr in den meisten Kursen nach dem Brennen auch mit nach Hause nehmen – so habt ihr eine schöne Erinnerung an eure eigene Leistung und die gemeinsam gemachte Erfahrung.

92. Besucht eine Sternenwarte

In einigen Sternenwarten ist es möglich, zu Besucherzeiten selbst einen intensiven Blick auf den Himmel zu ergattern!

Sucht euch gemeinsam ein passendes Angebot aus, macht euch am besten im Dunklen auf den Weg und erlebt die Sterne ganz live und professionell. Denn Sternenwarten sind mit dem passenden Werkzeug dafür ausgestattet!

Vielleicht habt ihr die Möglichkeit, nebenbei zu recherchieren oder könnt sogar an einer Führung teilnehmen – so wird euer Ausflug nicht nur unheimlich faszinierend, sondern auch lehrreich.

93. Veranstaltet eine Schnitzeljagd mit Herausforderungen

Organisiert eine Schnitzeljagd, bei der ihr euch gegenseitig lustige und anspruchsvolle Aufgaben stellt. Vielleicht ist eure Nachbarschaft ein passender Ort dafür, vielleicht ein Park in der Nähe oder einfach die eigene Wohnung.

Eure Aufgaben sollen euch stets einen Schritt näher ans Ziel bringen – und je kreativer die Herausforderungen, desto spannender wird das Spiel. Wenn ihr Lust habt, erweitert eure Runde und ladet eure Bekannten zu eurem Spiel mit ein! Oder konzentriert euch ganz einfach aufeinander. In jedem Fall fördert ihr hier eure Zusammenarbeit, Kreativität und habt sicherlich jede Menge Spaß. Am Ende könnt ihr die Siegerin mit einem kleinen Preis oder einer besonderen Belohnung feiern.

94. Löst gemeinsam ein Puzzle

Besorgt euch zusammen ein Puzzle eurer Wahl.

Sucht euch ein für euch passendes Motiv und überlegt, wieviel Teile euer Puzzle haben soll – je mehr Teile, desto anspruchsvoller und zeitaufwendiger! Vielleicht traut ihr euch gemeinsam an ein riesiges Puzzle, vielleicht entscheidet ihr euch einfach für eines, dass ihr definitiv an einem Nachmittag lösen könnt?

Das gemeinsame Suchen und Rätseln macht immer wieder Spaß und hat jede Menge mit Teamwork und Konzentration zu tun. Gerade zu zweit ist das eine tolle Aktivität, in der ihr neben gelegentlicher Frustration über fehlende Puzzleteile und kleiner Erfolgserlebnisse ganz wunderbare Gespräche führen könnt.

95. Organisiert einen Filmabend mit euren Lieblingsfilmen und macht euer Popcorn selbst

Plant mal wieder einen gemeinsamen Filmabend und sucht euch dafür einen Film oder eine Serie aus, die euch beide interessiert. Bereitet euren Platz schön gemütlich vor. Besorgt Getränke, Kissen und Decken – fehlt noch was? Popcorn

Darum könnt ihr euch diesen Filmabend selbst kümmern. Sucht euch ein Rezept heraus, kauft die passenden Zutaten und stellt euch vor dem Start eures Films noch gemeinsam in die Küche. Vielleicht verleiht ihr eurem Popcorn sogar eine besondere Note? Karamell? Zimt & Zucker? Euer warmes Popcorn könnt ihr dann ganz entspannt während des Films naschen – und ihr werdet sehen, selbstgemacht schmeckt einfach am besten.

96. Probiert Yoga aus

Ihr könnt euch bei einem Kurs anmelden, oder das Yoga-Studio mit zwei Matten und Anleitungen aus dem Internet zu euch nachhause holen – der Effekt bleibt der Gleiche! Beim Yoga geht es um körperliche und mentale Entspannung. Übt euch in eurer Atmung, in eurem Gleichgewicht und lernt ganz aktiv, runterzukommen und sowohl eurem Kopf als auch eurem Körper gut zu tun.

Vielleicht sind die Übungen anfangs herausfordernd, doch seht ihr sicherlich schnell Fortschritte, wenn ihr euch regelmäßig Zeit für ein paar gemeinsame Yoga-Stunden nehmt. Eine spannende, neue Erfahrung über die ihr euch wunderbar austauschen könnt, wenn ihr sie gemeinsam macht!

97. Organisiert einen Nachmittag mit kreativen Projekten wie Malen, Basteln oder Nähen

Lasst eurer Kreativität heute ganz freien Lauf und verbringt einen Nachmittag mit kreativen Projekten! Sucht euch eine Aktivität aus, auf die ihr beide Lust habt. Ihr habt zum Beispiel die Wahl zwischen Malen, Basteln, Nähen oder etwas ganz anderem!

Besorgt passendes Material, sucht euch einen gemütlichen Arbeitsplatz und werkelt drauf los. Ihr könnt neue Techniken ausprobieren, einander um Rat fragen oder vielleicht sogar von Vornherein zusammenarbeiten. Gemeinsam macht handwerkliches Arbeiten ganz besonders viel Spaß – immerhin lässt sich nebenbei fantastisch quatschen.

Genießt euren Nachmittag und freut euch zum Schluss über eure fertigen Kreativ-Projekte und die Zeit, die ihr zusammen verbracht habt.

98. Erkundet einen verlassenen Ort

Verlassene Orte sind oft voller Geschichten und Geheimnisse, die nur darauf warten, entdeckt zu werden. Traut euch und fahrt heute mal gemeinsam zu solch einer Geisterstadt!

Schaut euch die leeren Gebäude an – was denkt ihr, wer hier mal gelebt hat? Vielleicht könnt ihr eure Fragen sogar recherchieren! Eine ziemlich spannende, lehrreiche und sicherlich einzigartige Erfahrung, die ihr gemeinsam machen solltet.

99. Besucht einen Zoo oder Wildpark

Wann habt ihr das letzte Mal einen Zoo besucht? Nehmt euch einen Tag Zeit und kauft euch ein Ticket für den nächsten Zoo oder Wildpark. Ihr könnt an den verschiedensten Gehegen vorbei schlendern und die Tiere beobachten.

Schaut euch zum Beispiel Pinguine und Löwen an! Die meisten Zoos und Wildparks bieten auch Führungen mit detaillierten Informationen und vielleicht sogar Fütterungen an, falls ihr euch weiter informieren möchtet. Auf jeden Fall ein lehrreicher und faszinierender Ausflug, der euch zu zweit bestimmt viel Spaß macht.

100. Macht eine Segway-Tour durch die Stadt

Seid ihr schonmal Segway gefahren? Auf diesen motorisierten Stehrollern könnt ihr euch mal ganz anders als sonst fortbewegen. Habt ihr Lust auf eine Runde durch die Stadt?

Dann könnte eure Tour von einem Guide begleitet werden, der euch nicht nur das Fahren beibringt, sondern auch interessante Geschichten und Fakten über die Stadt erzählt. Ihr kombiniert so euren Spaß, den ihr gemeinsam ganz bestimmt haben werdet, mit neuem Wissen!

101. Hört eure liebsten Lieder – und singt mit!

Musik macht glücklich!

Nicht alle Zeit, die ihr gemeinsam verbringt, muss in Form eines aufregenden Ausflugs sein. Nehmt euch einfach mal einen Moment Zeit, gerade so lang wie ihr wollt, macht gemeinsam ein wenig Musik eurer Wahl an und genießt sie so richtig. Singt, tanzt, und lacht! So ein wenig Ausgelassenheit macht Freude und stärkt eure Bindung.

Ihr könnt vor allem Songs hören, die ihr beide kennt – so macht das Mitsingen am meisten Spaß – aber auch gezielt die Lieder hören, die ihr individuell am meisten mögt. Nach so einer kurzen oder gern auch längeren Musik-Session fällt der Alltag sicherlich leichter.

102. Sprecht über eure bisherigen Erfolge und was ihr daraus gelernt habt

Was habt ihr bisher so in eurem Leben erreicht? Fokussiert euch in einem Gespräch mal ganz auf eure Erfolge.

Was ist ein Moment, auf den du besonders stolz bist? Was hat dir diese Erfahrung gelehrt? Dabei ist es ganz egal, ob euch ein großer Erfolg einfällt oder ein kleiner – es geht nur darum, sich auszutauschen, aus den Erfolgen des anderen zu lernen und einander mal wieder zu inspirieren!

103. Probiert Paragliding aus

Habt ihr Lust auf ein echtes Abenteuer in der Luft? Dann probiert doch gemeinsam Paragliding aus! Paragliding ist nicht nur eine körperliche Herausforderung, sondern auch eine mentale – ihr braucht Mut und Vertrauen, sowohl in die Ausrüstung als auch in die Natur.

Doch gemeinsam könnt ihr euch motivieren und unterstützen und erlebt am Ende ein neues Abenteuer, mit Adrenalin und Nervenkitzel und einer aufregenden Geschichte, die ihr erzählen könnt.

104. Verbringt einen Tag ohne digitale Geräte

Versucht einmal, euch bewusst einen Tag frei von digitalen Geräten zu nehmen. Keine Handys, Tablets oder Computer – in unserer Zeit fast unmöglich. Doch ihr könnt eure Zeit nutzen, um zu reden, zu lesen, zu kochen oder die Natur vor der Haustür zu erkunden.

So ein „Digital Detox“ ist eine richtige Challenge, aber gleichzeitig eine schöne Möglichkeit, sich mal ganz auf das Wesentliche zu konzentrieren und die Qualität eurer Zeit miteinander zu verbessern.

105. Besucht eine Food-Messe oder einen Markt

Entdeckt mal wieder ein paar kulinarische Köstlichkeiten und neue Trends bei einem Besuch auf einer Messe oder einem Essens-Markt.

Ihr könnt euch einen Weihnacht- oder Bauernmarkt aussuchen oder direkt zu einer Food-Messe fahren – überall werdet ihr verschiedene Stände finden, die euch mit Essen versorgen. Darunter sicherlich auch ganz exotische Speisen! Probiert euch gemeinsam durch die Köstlichkeiten. Esst, was euch gefällt, traut euch vielleicht sogar an ganz neue Produkte und tauscht euch über eure Favoriten aus.

106. Geht zu einem Karaoke-Abend und singt zusammen

Packt eure Lieblingslieder aus – es geht zu einem Karaoke-Abend! Ganz gleich, ob ihr musikalisch begabt seid oder nicht, beim Karaoke geht es nur um euren Spaß.

Und den könnt ihr sicherlich haben, wenn ihr euch darauf einlasst! Also schnappt das Mikrofon, sucht euch ein paar Lieder heraus, die ihr gut kennt und legt einfach los! Gemeinsam singt es sich nämlich am besten.

107. Eigene Seifen und Kerzen - macht einen DIY Tag

Lust, mal wieder kreativ zu werden? Dann traut euch heute mal an das Herstellen eurer eigenen Seifen und Kerzen.

Alles, was ihr braucht, sind folgende Zutaten: für Seifen benötigt ihr vor allem Rohseife und zum Verfeinern dann ätherische Öle, Farben und Formen. Für Kerzen braucht Wachs, Dochte und Farben wie auch Düfte eures Geschmacks.

Das Internet hält ganz einfache Anleitungen bereit und mit etwas Kreativität könnt ihr eure ganz eigenen Designs kreieren und am Ende des Tages dann duftende Seifen und hübsche Kerzen in eurem Wohnbereich verteilen oder als persönliche Kleinigkeiten verschenken.

108. Geht Eis essen und probiert die verrücktesten Sorten

Eis geht immer – doch gilt das auch für außergewöhnliche Geschmackssorten?

Sucht euch eine Eisdiele eurer Wahl. Vielleicht kennt ihr eine, die für eine besonders breite Auswahl an verschiedenen Sorten bekannt ist?

Die meisten Menschen haben eine liebste Eissorte und auch wenn es sicherlich verlockend ist, bei eurem Besuch diese zu wählen, soll es heute darum gehen, was Neues auszuprobieren! Deswegen sucht euch einen außergewöhnlichen Geschmack aus. Vielleicht entdeckt ihr ganz skurrile Namen oder Eissorten, die sich an bekannten Süßigkeiten, Lebensmitteln oder anderen Themen orientieren? Wählt aus, was verrückt klingt – mindestens für euren eigentlichen Geschmack!

109. Verbringt einen Nachmittag im Park mit Frisbee, Federball oder Boule

Es gibt jede Menge Spiele die perfekt für einen Nachmittag im Park sind.

Geht gemeinsam raus, packt euch etwas Leckeres zur Stärkung ein und werdet aktiv. Ihr könntet Frisbee, Federball oder Boule spielen! Gemeinsam bewegt ihr euch dabei an der frischen Luft, spielt und lacht und verbringt mal wieder ein wenig Zeit zu zweit bei einer besonderen Aktivität. Am Ende eures Nachmittags fühlt ihr euch sicherlich erfrischt und gefüllt mit Freude und könnt mit diesem guten Gefühl zurück in euren Alltag gehen.

110. Bastelt euch gegenseitig einen Adventskalender

Adventskalender versüßen die Wartezeit bis Weihnachten – und ihr könnt sie euch gegenseitig selbst gestalten!

Sucht jeweils 24 Kleinigkeiten aus, die der Anderen gefallen werden und packt sie in mit Zahlen beschriftete Tüten, Verpackungen oder Kästchen. Ihr könnt hier genauso kreativ werden, wie ihr wollt, doch habt in jedem Fall beide ein wunderschönes und vor allem persönliches Geschenk, das euch vom 01. Bis zum 24. Dezember jede Menge Freude bringen wird.

111. Nehmt an einem Flashmob teil

Schließt euch einem Flashmob an oder werdet ganz kreativ organisiert sogar euren eigenen! Unter einem Flashmob versteht eine unerwartete, choreografierte Aktion in der Öffentlichkeit. Vielleicht habt ihr einen Anlass, vielleicht wird jemand überrascht!

Gemeinsam studiert ihr Bewegungen ein und führt euren Flashmob dann ganz in der Öffentlichkeit vor. Ziemlich aufregend und auf jeden Fall etwas ganz Neues, das eure Kreativität und euren Mut fordert und euch beide ganz automatisch zusammenschweißt.

112. Teilt eure Vorstellungen von Glück und wie ihr es im Alltag findet

Was ist deine persönliche Vorstellung von Glück?

Diese Definitionen unterscheiden sich von Person zu Person. Wie sieht das bei euch beiden aus? Teilt miteinander, was euch in eurem Alltag Freude bringt! Das können ganz kleine Dinge sein, wie das Lachen mit Freunden, ein Spaziergang oder diese Zufriedenheit nach erledigter Arbeit.

So ein Gespräch lässt euch erkennen, welche kleinen und großen Momente euch Glück bereiten und wie ihr diese Momente ganz bewusst in euren Alltag integrieren könnt.

113. Startet ein gemeinsames Handarbeitsprojekt wie Stricken oder Häkeln

Handarbeit ist nicht nur gut für Feinmotorik und Kreativität, sondern macht eine Menge Spaß.

Traut euch gemeinsam an ein neues Projekt. Vielleicht könnt ihr schon Stricken und Häkeln, vielleicht lernt ihr es im Zuge eures Projekts! Habt ihr Lust auf einen Schal, eine Mütze oder Socken? Ihr habt freie Wahl! So ein Projekt braucht häufig viel Zeit – nehmt sie euch gemeinsam und teilt sie gern auch auf mehrere Handarbeits-Sessions auf. Trefft euch dafür immer wieder und arbeitet gemeinsam weiter an euren Stücken. Macht eine richtig schöne Zeit für euch beide daraus – mit gemütlicher Umgebung, Snacks und spannenden Gesprächen.

Zum Schluss haltet ihr nicht nur etwas Selbstgemachtes in der Hand, sondern habt jede Menge Zeit zu zweit verbracht.

114. Schaut euch live ein Sportevent an

Ganz gleich, welche Sportart ihr euch interessiert, für die meisten gibt es Events, bei denen man live zuschauen kann. Kauft euch zwei Tickets und lasst euch auf diese spannende Erfahrung ein!

Im besten Fall habt ihr Interesse an dem Sport und könnt richtig mitfiebern, wenn er direkt vor euren Augen gespielt wird. Doch selbst wenn ihr nicht die Typen für Sportevents seid, ist es eine spannende Erfahrung die Stimmung der Spieler, Fans und Zuschauer zu erleben und ein weiteres Erlebnis, an das ihr euch gemeinsam erinnern könnt.

115. Macht eine Polaroid-Fotosession

Probiert euch mal einen Nachmittag als Models und Stylisten und macht eine Polaroid-Fotosession. Sucht einfach in eurem Kleiderschrank oder in Second-Hand-Läden nach Kleidungsstücken, die euch gefallen und kombiniert sie auf kreative Weise.

Lasst euch dann mit einer Polaroid-Kamera fotografieren. Eure Bilder werden damit sofort entwickelt – ihr könnt sie also gleich betrachten und ganz einfach als Erinnerung an diesen mit Sicherheit lustigen Moment aufheben.

116. Besucht eine Theateraufführung oder ein Musical

Gönnt euch einen kulturellen Abend und besucht gemeinsam eine Theateraufführung oder ein Musical. Immer wieder werden die verschiedensten Stücke vorgetragen – sucht euch eines aus, das euch interessiert. Ihr habt hier die Wahl zwischen Dramen, Komödien oder diversen Musicals, sicherlich findet ihr etwas nach eurem Geschmack.

Macht euch vielleicht sogar schick und genießt die Show. Oft ist so ein Besuch inspirierend, mindestens ist er unterhaltend und zum Schluss könnt ihr euch wunderbar über das unterhalten, was ihr gesehen habt und wie es auf euch wirkt.

117. Verbringt einen Nachmittag mit kreativen DIY-Projekten für saisonale Deko

Frühlingskränze, Herbstgirlanden oder Weihnachtssterne – es gibt für jede Jahreszeit jede Menge Bastelideen, an die ihr euch wagen könnt.

Besorgt euch Material eurer Wahl, sucht euch Farben und Motive, die zur Saison passen und überlegt, ob ihr Fenster, Türen oder Tische schmücken wollt. Werdet ganz allein kreativ oder lasst euch vom Internet inspirieren.

Zum Schluss habt ihr Deko ganz nach eurem Geschmack gezaubert, mit der ihr euer Zuhause gestalten könnt und gleichzeitig einen schönen, kreativen Nachmittag zusammen verbracht.

118. Gönnt euch ein gemeinsames leckeres Frühstück

Ihr könnt euch die Zeit nehmen und euer Frühstück zu zweit selbst in der Küche zaubern, oder euch richtig verwöhnen, in dem ihr euch ein Café aussucht und dort gemeinsam brunchen geht.

So habt ihr einen gemeinsamen, positiven Start in den Tag, genießt die wichtigste Mahlzeit des Tages zusammen und habt mal wieder ganz intensiv Zeit für einander. Eine schöne Aktivität, die tolle Gespräche und warme Herzen verspricht.

119. Besucht einen Freizeitpark und testet die wildesten Achterbahnen

Wo erlebt man wohl mehr Adrenalin als in einem Freizeitpark? Nehmt euch mal wieder die Zeit und besucht einen!

Traut euch an alle Attraktionen, die nach Nervenkitzel aussehen – vom freien Fall bis zur Looping-Achterbahn. Euer Tag wird die perfekte Mischung aus Spaß, Spannung und Abenteuer, ganz weit weg von eurem Alltag und der Comfort-Zone. Zwischendurch könnt ihr euch natürlich mit Süßigkeiten und Snacks stärken und über all die Fotos lachen, die während der Fahrten aufgenommen werden.

120. Macht einen Balkonpflanztag

Es dreht sich ganz um den Balkon! Vielleicht müsst ihr euren nur auffrischen, vielleicht habt ihr Lust auf ein komplettes Make-Over – eurer Kreativität sind keine Grenzen gesetzt. Kauft Erde, Töpfe und Pflanzen. Ihr könnt Blumen einpflanzen oder Kräuter besorgen, die ihr auf eurem Balkon pflegen und schließlich auch zum Kochen nutzen könnt.

Beginnt mit dem Um- und Eintopfen, tauscht euch über euer vorhandenes Wissen aus oder recherchiert nach der richtigen Pflege eurer neuen Pflanzen.

Zum Schluss könnt ihr eure gemeinsam getane Arbeit bewundern und ihr beim Wachsen zusehen!

121. Besucht ein lokales Straßenfest

Straßenfeste bieten oft eine bunte Mischung aus Musik, Kunst, Handwerk und Snacks – verbringt zusammen einen Nachmittag auf einem solchen Fest in eurer Nähe.

Ihr könnt durch die Straßen schlendern und euch die Stände anschauen, der Live-Musik lauschen und etwas essen und trinken. Erlebt einfach die Gemeinschaft eurer Region und habt Spaß mit den Angeboten!

Vielleicht trefft ihr bekannte Gesichter, vielleicht findet ihr etwas hübsches an einem der Stände – auf jeden Fall teilt ihr ein weiteres, spannendes Erlebnis!

122. Probiert ein Escape-Game für draußen aus

Verlasst die klassischen „Escape Rooms" und versucht euch an einem Outdoor-Escape-Game! Diese spannende Variante bringt euch an die frische Luft, wo ihr durch Parks, Straßen und Viertel eurer Stadt rätseln müsst, um Hinweise zu finden und Aufgaben zu lösen.

Je nach Spiel wandert ihr mit Karte oder gar App von Aufgabe zu Aufgabe – hier müsst ihr mal wieder richtig den Kopf anstrengen, euch richtig orientieren und vor allem Zusammenarbeiten. Eine Aktivität, die eure Bindung auf jeden Fall stärkt und euch zum Schluss hoffentlich mit dem guten Gefühl von gemeinsamen Erfolg belohnt.

123. Geht gemeinsam Kart fahren

Helme auf und los geht's!

Kart fahren macht unheimlich Spaß. Sucht euch eine Bahn in eurer Nähe und zeigt einander mal, was ihr auf der Rennstrecke so draufhabt.

Nirgendwo sonst könnt ihr so ein Wettrennen veranstalten und habt dabei sicherlich jede Menge zu lachen. Schaut, wer von euch beiden schneller ist, wer sicherer fährt und wem der Helm besser steht. Genießt das Adrenalin und probiert die Geschwindigkeit ganz nach eurem Geschmack aus.

124. Schreibt euch gegenseitig einen „Mut-Brief" für schwierige Zeiten

Nehmt euch einen Augenblick Zeit und schreibt der jeweils anderen einen „Mut-Brief", den ihr in schwierigen Zeiten lesen könnt.

Schreibt zum Beispiel auf, was ihr an der anderen Person bewundert. Was sind ihre Stärken? Wofür bist du immer wieder dankbar?

Ermutigt euch gegenseitig, sprecht einander gut zu! Solche Briefe können in schweren Momenten ein richtiger Mutmacher sein. Deswegen spart nicht mit netten Worten – motiviert euch lieber, erinnert die andere mal wieder an ihre eigene Stärke. Ihr seid nicht allein; da ist jemand, der fest an dich glaubt!

125. Erstellt gemeinsam einen Familien-Stammbaum

Erforscht gemeinsam eure Vergangenheit und erstellt einen Familienstammbaum!
Ihr könnt mit all den euch offensichtlich bekannten Informationen beginnen und dann so weit recherchieren, wie ihr könnt. Vielleicht findet ihr mehr durch alte Fotos und Dokumente heraus oder hört euch die Geschichten eurer Familienmitglieder an. Mit Sicherheit entdeckt ihr einige neue Fakten über euch und eure Vorfahren, könnt mal wieder über alte Geschichten lachen und visualisiert dabei eure Familie.

Eine schöne Möglichkeit, mal ein wenig in der eigenen Geschichte zu forschen und sich aufs Neue zu erinnern, und ein Projekt, das im Laufe der Jahre wunderbar wachsen kann.

126. Organisiert einen Bastelnachmittag mit selbstgemachten Geschenken für Freunde und Familie

Werdet wieder gemeinsam kreativ – doch diesmal nicht zu eurem eigenen Nutzen.

Überlegt, was ihr besonders gut verschenken könnt. Bemalte Tassen, verzierte Kerzen, Bilderrahmen, duftende Seifen?

Besorgt die Materialien, die ihr für eure Geschenke braucht und macht euch an die Arbeit. Ihr könnt euch dabei über Ideen austauschen, Musik hören, über Gott und die Welt reden und am Ende eures Bastelnachmittags habt ihr nicht nur schöne, persönliche Geschenke, sondern wisst vor allem, dass ihr sie zusammen selbstgestaltet habt!

127. Besucht einen Skatepark und lernt Tricks auf dem Skateboard oder Roller

Seid ihr bereit für ein sportliches Abenteuer im Skatepark? Vielleicht ist das vollkommenes Neuland für euch, doch das ist kein Problem. Gemeinsam könnt ihr euch auf Rollern oder Skateboards an ein paar Tricks wagen.

Startet mit einfachen Übungen und traut euch mehr, wenn ihr euch sicherer fühlt! Anleitungen gibt es jede Menge – unterstützt euch dabei, wenn ihr sie ausprobiert.

Hier stellt ihr euch mal wieder einer richtigen Herausforderung. Beim Skaten trainiert ihr nicht nur euer Gleichgewicht, sondern gerade auch als Anfänger euer Selbstvertrauen. Motiviert euch gegenseitig, lacht gemeinsam und feiert eure Fortschritte – das macht das Ausprobieren einfacher und stärkt eure vor allem auch eure gemeinsame Bindung!

Vielleicht traut ihr euch zu zweit öfter mal in den Skatepark?

128. Macht eine Tour durch die Unterwelt: Katakomben oder Kanalisation

Für ein wirklich außergewöhnliches Erlebnis sucht euch eine Tour durch die Unterwelt einer Stadt heraus – sei es in alten Katakomben, unterirdischen Gängen oder sogar die Kanalisation. Solche ungesehenen und oft unheimlichen Orte bieten mal wieder eine neue Perspektive auf Geschichte und Struktur. Bestimmt erfahrt ihr bei einer Führung zum Beispiel spannende Geschichten und Geheimnisse!

So ein Abenteuer solltet ihr auf jeden Fall ausprobieren, wenn euch das Unbekannte reizt und ihr eure Komfortzone verlassen möchtet, um ein neues Erlebnis mit der anderen zu teilen.

129. Dreht zusammen ein Video

Traut euch heute mal gemeinsam vor die Kamera!

Euer Video kann alles sein – ein kleiner Kurzfilm, eine Geschichte oder ein Thema, das darin besprochen wird. Ihr entscheidet, wer filmt und wer vor der Kamera sitzt, ob ihr euch abwechselt oder nicht! Ihr könntet euch verschiedene Szenen und Übergänge überlegen, wenn ihr einen ganzen Kurzfilm drehen wollt, oder festlegen, was der Inhalt eurer Geschichte ist.

Probiert euch im Filmen und in der Position vor der Kamera und schneidet euer Meisterwerk zum Schluss – vielleicht sogar mit Musik und passenden Effekten?

Am Ende habt ihr nicht nur ein eigenes Video, das ihr zusammen anschauen, bewerten und für spätere Zeiten aufheben könnt. Nein, ihr habt euch darüber hinaus auch mit dem Prozess des Filmens und Schneidens auseinandergesetzt und mal wieder eine neue Erfahrung gemacht!

130. Macht eine Fahrradtour zu einem Obsthof und pflückt frische Früchte

Verbindet Bewegung mit einer schönen Aktivität und macht euch auf Fahrrädern auf den Weg zu einem Obsthof. Dort habt ihr die Möglichkeit, frische Früchte direkt von Bäumen und Sträuchern zu pflücken. Je nach Saison sieht eure Ernte natürlich verschieden aus, zu jeder Zeit ist so ein Ausflug aber eine tolle Erfahrung direkt in der Natur. Es ist ein gutes Gefühl, das eigene Obst selbst zu pflücken und dabei regionale Bauern zu unterstützen!

Euer Obst könnt ihr direkt probieren oder natürlich zuhause in Marmelade, Kuchen oder andere Köstlichkeiten verarbeiten. Ein richtiges Naturerlebnis, dass ihr miteinander teilen könnt.

131. Verbringt Zeit im Streichelzoo

Verbringt heute Zeit mit den kleineren Tieren in einem Tierpark! Sogenannte Streichelzoos machen es möglich ganz nah an einige Tiere heranzukommen. Ihr findet dort zum Beispiel Kaninchen, Hühner, Meerschweinchen, Ziegen und Schafe.

Die Tiere sind meist schon an Menschen gewöhnt und mit dem nötigen Respekt und im besten Fall auch mit etwas Futter sollte es für euch möglich sein, die Tiere zu streicheln und richtig mit ihnen zu interagieren.

Das ist eine ganz besonders intensive Erfahrung, die nicht nur als Kind begeistert! Vielleicht erfahrt ihr von den Pflegern der Tiere sogar mehr über ihre Haltung und Besonderheiten? Auf jeden Fall erlebt ihr beide dort eine lustige, lehrreiche Zeit – vielleicht wirklich ein wenig spannender als der normale Zoo-Besuch!

132. Plant eine nächtliche Fahrradtour durch die Stadt

Eine Stadt bei Nacht hat eine sehr besondere Wirkung – die Straßen sind ruhiger, die Lampen leuchten, manches wirkt im Dunkeln fast magisch.

Rüstet euch gut mit Lichtern und Reflektoren aus und fahrt auf Fahrrädern durch die schönsten Straßen und Plätze eurer Stadt. Ihr könnt an besonders schönen Aussichten natürlich stets anhalten! Vielleicht plant ihr sogar ein kleines nächtliches Picknick?

So eine Tour bietet euch die Möglichkeit, eure Umgebung mal anders zu erleben.

133. Besucht einen Flohmarkt

Macht euch auf einem Flohmarkt auf die Suche nach neuen Funden! Schlendert gemütlich an den Ständen vorbei, stöbert in den Auslagen und lasst euch von den vielfältigen Angeboten inspirieren. Meist ist die Auswahl riesig – Vintage-Kleidung, antikes Geschirr. Sicherlich findet ihr etwas, das euch interessiert, und das meist zu fantastischen Preisen!

Lernt mehr über den Geschmack der Anderen, beratet euch und schaut zum Schluss, wer das beste Schnäppchen ergattert hat. Eine spannende und sehr nachhaltige Aktivität!

134. Nehmt euch einen Nachmittag, um eure Fahrräder gemeinsam zu pflegen und auf Vordermann zu bringen

Für eure eigene Sicherheit ist es wichtig, dass eure Fahrräder gut funktionieren. Nehmt euch mal zu zweit ein wenig Zeit, sie auf Vordermann zu bringen.

Entfernt Schmutz und Dreck, zieht lockere Schrauben nach und pumpt eure Reifen passend auf. Überprüft auch eure Lichter und Reflektoren – das ist wichtig, damit ihr im Straßenverkehr erkennbar seid.

Vielleicht gönnt ihr euch sogar ein neues Accessoire, wie eine neue Klingel oder einen Fahrradkorb? Am Ende habt ihr nicht nur gut gepflegte Räder, sondern könnt euch auch schon auf eure nächste gemeinsame Fahrradtour freuen.

135. Verbringt einen Tag als Minimalisten: nur 10 Dinge benutzen

Klingt verrückt, ist es vielleicht auch, doch stellt euch der Herausforderung, einen ganzen Tag lang nur 10 Dinge zu benutzen.

Was braucht ihr dringend? Was ist das Wichtigste? Überlegt euch zusammen, auf welche 10 Dinge ihr euren Gebrauch heute reduziert – von Kleidung über Küchenutensilien bis hin zu eurer Unterhaltung. Was braucht ihr wirklich, um glücklich zu sein und worauf lernt ihr heute vielleicht, zu verzichten? Sind wir zu materialistisch und brauchen eigentlich viel weniger als wir täglich nutzen?

Tauscht euch gern darüber aus, wie ihr euch bei dieser kleinen Challenge gefühlt habt.

136. Baut eine Sandburg

Am besten befindet ihr euch für diese Aktivität am Strand – denn es geht ans Sandburgbauen!

Vielleicht kommen Erinnerungen an früher hoch, denn wann saßt ihr das letzte Mal mit Schaufel und Eimer am Meer?

Schnappt euch passendes Material, oder helft euch mit euren Händen, und versucht gemeinsam, eine Sandburg zu bauen. Türme, Tore, vielleicht sogar Verzierungen aus gesammelten Steinen und Muscheln – ihr entscheidet natürlich, wie eure kleine Burg aussieht und wie detailliert und bemüht ihr an ihr arbeiten möchtet.
Eine sicherlich lustige Aktivität für euren Strandtag!

137. Macht eine „Blindverkostung“: testet außergewöhnliche Speisen oder Getränke

Hier geht es um eure Geschmacksknospen! Sucht euch ganz außergewöhnliche Speisen oder Getränke aus, die ihr beide noch nie probiert habt – exotische Früchte, internationale Snacks oder Getränke. Beim Probieren wird es dann spannend. Verdeckt eure Augen, lasst euch überraschen und ratet vielleicht sogar, was ihr hier gerade so schmeckt.

So eine Verkostung macht nicht nur Spaß, sondern gibt euch auch aktiv eine Gelegenheit, Neues auszuprobieren und eure Geschmäcker ein wenig zu erkunden. Vielleicht entdeckt ihr ja einen neuen Favoriten!

138. Macht eine Fahrradtour in der ländlichen Ruhe

Entfernt euch heute mal von der Stadt und dem lauten Verkehr, schnappt eure Fahrräder und sucht euch eine Route aus, die durch Felder und Wiesen führt.

Hier geht es nicht um lange Touren, sondern einfach darum, die ländliche Luft und schöne Aussicht gemeinsam zu genießen. Vielleicht blühen die Wiesen um euch herum, vielleicht begegnet ihr sogar ein paar Tieren. Bekommt einfach mal wieder den Kopf frei, genießt die Bewegung und die Möglichkeit, ganz ungestört Gespräche zu führen.

139. Organisiert einen Grillabend

Ladet ein paar Bekannte ein und verbringt einen gemütlichen Grillabend zusammen!

Für euch kann der Abend schon mit der Vorbereitung beginnen. Setzt euch zusammen und kümmert euch um die Verpflegung! Ihr könnt gemeinsam die verschiedensten Salate vorbereiten, Gegrilltes zubereiten, und euch überlegen, welche Desserts ihr anbieten wollt.

Erstellt ein Menü, das euch gefällt und genießt es gemeinsam mit euren Freunden – die perfekte Vorlage für einen schönen Abend voller Gespräche und Gelächter.

140. Führt ein Gespräch über die Bedeutung von Freundschaft in eurem Leben

Ein weiteres interessantes Gesprächsthema: welche Rolle spielt Freundschaft in eurem Leben? Was ist dir zum Beispiel an deinen Freundschaften besonders wichtig? Hilft dir Freundschaft im Alltag – bei Problemen und Herausforderungen? Vielleicht gibt es besondere Freunde, die euch in schwierigen Zeiten unterstützt haben, oder Freundschaften, die euch in der ganz persönlichen Entwicklung geprägt haben.

Mal wieder aktiv über dieses Thema zu reden, fördert euer Verständnis dafür, wie wichtig es ist, starke, liebevolle Beziehungen zu pflegen und wie Freundschaft euer Leben bereichern kann! Und ganz bestimmt hilft es euch auch, eure eigene Mutter-Tochter-Beziehung als eine besondere Form der Freundschaft zu sehen.

141. Bemalt zusammen Keramik

Macht einen Ausflug zu einer Keramikwerkstatt und sucht euch aus, was ihr am liebsten bemalen wollt. Eine Tasse oder doch lieber eine Müsli-Schale? Ihr habt meist eine breite Auswahl an Geschirr und Dekoartikeln, an denen ihr dann ganz individuell kreativ werden dürft.

Sucht euch Farben und Motive aus, pinselt drauf los, beratet einander und tobt euch aus. Eure Kunstwerke werden zum Schluss glasiert und gebrannt, damit ihr sie dann mit nachhause nehmen könnt – handfeste Erinnerungen an euren kreativen, gemeinsamen Ausflug und den Spaß, den ihr beim Malen hattet.

142. Spielt ein Frage-Antwort-Spiel

Ihr könnt hierfür ein vorgefertigtes Spiel mit Karten voller Fragen zu den verschiedensten Themen kaufen oder ein wenig durch das Internet stöbern und dort vorgeschriebene Fragen auswählen.

Sucht euch mit euren Fragen einen ungestörten, gemütlichen Platz und macht euch ans Beantworten. Dabei sollt ihr am besten abwechselnd Fragen stellen und abwechselnd antworten, könnt euch aber bei einzelnen Fragen so lang aufhalten, wie ihr wollt. Immerhin ist das ein ungezwungenes Spiel, bei dem es darum geht, Fragen zu den verschiedensten Themen zu stellen – Leben, Liebe, Werte, die Welt. Sicherlich habt ihr hier ein paar Fragen dabei, die ihr einander noch nicht gestellt habt – das macht das Spiel so spannend!

143. Probiert ein neues Café aus

Sucht gemeinsam nach einem Café, das ihr beide noch nie besucht habt und verbringt euren Nachmittag dort. Vielleicht findet ihr eines in eurer Nähe und könnt so direkt ein lokales Geschäft unterstützen.

Durchstöbert die Karte und bestellt euch ein Getränk, vielleicht sogar etwas zu essen und genießt es, mal wieder etwas Neues auszuprobieren. Wir Menschen neigen zu Gewohnheit, doch vielleicht entdeckt ihr heute einen neuen Lieblingsplatz für gemeinsame Gespräche?

144. Macht eine Weinprobe

Informiert euch über Angebote in eurer Nähe und nehmt an einer Weinprobe teil!

Das ist die perfekte Möglichkeit, neue Geschmäcke und Sorten auszuprobieren. Tauscht euch aus, wie euch die verschiedenen Proben gefallen. Versucht zu zweit mal ganz genau zu beschreiben, was ihr beim Trinken schmeckt!

Weinproben kann man mittlerweile auch nachhause bestellen, bei einer geführten Probe habt ihr beide jedoch zusätzlich die Möglichkeit, über den Wein, den ihr trinkt, zu lernen. Wie wird er hergestellt und was macht ihn besonders?

145. Erstellt ein Scrapbook mit euren gemeinsamen Erlebnissen

Sammelt Fotos, Tickets, Postkarten und andere kleine Erinnerungen von den Abenteuern und Ausflügen, die ihr bisher so zusammen erlebt habt. Besorgt euch ein Fotoalbum und klebt eure verschiedenen Erinnerungsstücke darin ein. Ihr könnt die Seiten auch mit weiteren Details verzieren – benutzt Sticker, Washi-Tape, Zeichnungen und handgeschriebene Notizen und macht die Seiten noch ein wenig persönlicher.

Ganz automatisch fallen euch sicher einige Geschichten zu euren Erlebnissen ein. Tauscht euch darüber aus, während ihr bastelt! Schwelgt in Erinnerungen, lacht gemeinsam und freut euch über all das, was ihr gemeinsam erleben durftet. Zum Schluss haltet ihr beide ein kreativ gestaltetes Buch in der Hand, in dem ein ganzes Stück eurer Geschichte erzählt wird.

146. Macht eine morgendliche Fahrradtour und schaut euch den Sonnenaufgang an

Startet heute nicht nur ganz besonders früh, sondern auch ganz besonders sportlich in den Tag! Sucht euch eine Strecke, die euch zu einem Ort mit gutem Ausblick führt. Vielleicht ist ein Hügel oder ein Aussichtsturm euer Ziel? Stellt eure Wecker, schnappt eure Fahrräder und macht euch in der morgendlichen Dämmerung auf den Weg.

Eure Belohnung soll der Sonnenaufgang sein, den ihr dann von eurem Aussichtsort beobachtet könnt! So früh morgens liegt eine ganz besondere Atmosphäre in der Luft und der Sonne beim Aufgehen zuzusehen ist ein magisches Erlebnis, das man gemeinsam unbedingt mal erlebt haben muss. Teilt diese friedliche, erfrischende Erfahrung miteinander!

147. Besucht einen Minigolfplatz und veranstaltet ein Turnier

Manch einer liebt es, manch einer tut sich schwer, doch es ist eine fantastische Aktivität zu zweit: Minigolf!

Ihr könnt euch einen Platz eurer Wahl aussuchen, Schläger ausleihen und damit beginnen, die verschiedenen Stationen abzulaufen.

Für ein wenig Spannung macht ein richtiges Minigolf-Turnier daraus! Spielt euch durch die verschiedenen Bahnen, von einfachen Schüssen bis zu komplizierten Hindernissen und versucht euch daran, den Ball mit möglichst wenigen Schlägen ins Loch zu befördern. Schreibt dabei eure Ergebnisse auf und vergleicht zum Schluss eure Leistung!

Ein sicher lustiger, vielleicht ab und zu frustrierender Nachmittag.

148. Verbringt einen Nachmittag damit, zusammen eine Überraschungsparty zu planen

Plant eine Überraschungsparty für jemanden, den ihr liebt!

Ihr könnt kreativ werden und euch ein Thema ausdenken, Einladungen gestalten und verschicken und Dekoration besorgen. Bereitet Snacks und Getränke vor, überlegt, was besonders gut ankommt und sprecht euch in euren Ideen ab.

Denkt auch an Programm und Unterhaltung – welche Spiele dürfen auf eurer Party nicht fehlen? Das gemeinsame Planen bereitet nicht nur Spaß und Vorfreude, sondern fördert auch eure Zusammenarbeit und Kreativität. Am Ende eurer fleißigen Vorbereitungen könnt ihr stolz auf eure Leistung und diese wunderschöne Geste sein – nichts ist schöner und liebenswerter, als anderen etwas Gutes zu tun.

149. Malt jeweils das Portrait des Anderen

Werdet heute mal wieder kreativ und versucht, jeweils das Portrait der Anderen zu malen.

Besorgt euch dafür Leinwände, Pinsel und Farbe und setzt euch gegenüber an einen Tisch. So habt ihr perfekte Aussicht auf das Gesicht, das ihr gleich auf Papier bringen dürft!

Nicht nur das Malen ist lustig und fordert euch vielleicht ein wenig heraus, besonders amüsant ist natürlich der Moment, in dem ihr eure fertigen Kunstwerke tauscht und die gemalte Version von euch selbst seht!

Ihr beide habt sicher einiges zu lachen und könnt zum Schluss mit einem kreativen Portrait von euch selbst nachhause gehen.

150. Verbringt einen Nachmittag auf einem Abenteuerspielplatz

Solche Spielplätze bieten oft mehr als nur Schaukeln und Rutschen – es gibt Klettertürme, Seilbrücken, oft sogar Baumhäuser. Macht so gut es geht mit bei den Angeboten, die ihr auf so einem Spielplatz findet und lasst das innere Kind raus.

Das tut gut! Ihr habt zu zweit sicher eine Menge Spaß und ganz bestimmt kommen ein paar Erinnerungen hoch, über die ihr reden und lachen könnt.

151. Macht einen Ausflug in die Therme

So richtig entspannen könnt ihr in einer Therme! Macht euch gemeinsam auf den Weg und genießt ein wenig Zeit außerhalb von eurem Alltag. So ein Thermenbesuch lässt sich schön auf Nachmittag und Abend legen, ihr könnt aber auch den ganzen Tag dort verbringen.

Möglichkeiten habt ihr dort viele – schwimmt ein paar Bahnen, entspannt auf euren Liegen oder im Wasser, probiert euch durch verschiedene Saunen und gönnt euch vielleicht sogar eine Massage. Der perfekte Ort zum gemeinsamen Abschalten!

152. Besucht eine Comedy-Show

Comedy-Shows gibt es jede Menge. Sucht euch gemeinsam eine heraus – vielleicht kennt ihr einen Comedian, den ihr beide mögt? – und kauft euch Karten. Hoffentlich, aber doch mit großer Wahrscheinlichkeit werdet ihr dort einen ganz besonders lustigen Abend haben, der euch eine ganze Weile im Kopf bleibt.

Lachen macht glücklich, so eine Comedy-Show tut also sicherlich langfristig gut und besucht ihr sie gemeinsam, habt ihr nicht nur einen tollen Abend zu zweit, sondern könnt die verschiedenen Szenen und Witze zusammen im Nachhinein sogar noch Revue passieren lassen

153. Verbringt einen Tag auf einem Bauernhof

Viele Bauernhöfe bieten die Möglichkeit an, mal ein wenig ins Landleben einzutauchen und bei den täglichen Aufgaben mitzuhelfen. Nehmt euch einen Tag Zeit, sucht euch einen Hof in eurer Nähe und packt mit an! Ihr könnt zum Beispiel Tiere füttern, melken lernen oder bei der Ernte von Obst und Gemüse helfen.

Das ist nicht nur ein abwechslungsreiches Erlebnis, bei dem ihr euch neu ausprobieren könnt – ihr erlangt bei diesem Ausflug vor allem auch eine ganz neue Perspektive auf die Arbeit, die Bauern machen!

154. Organisiert ein Krimi-Dinner

Bei einem Krimi-Dinner könnt ihr in eine neue Rolle schlüpfen als Gruppe interaktiv einen Fall lösen.

Ladet ein paar Bekannte zu eurem Dinner ein, sucht euch im Internet oder einer Buchhandlung ein Krimi-Dinner eurer Wahl aus und folgt dessen Anleitung. Jeder darf eine Rolle übernehmen – wenn ihr Lust habt, versucht euch sogar entsprechend eures individuellen Charakters zu kleiden!

Zu zweit könnt ihr schon im Voraus ein Menü mit verschiedenen Gängen erstellen und kochen. Während eures Essens versucht ihr dann den Fall dann in euren Rollen zu lösen.

Eine spannende und vor allem lustige Aktivität, bei der bereits die Vorbereitung zu zweit Spaß macht.

155. Macht eine Fahrradtour zu einem historischen Monument oder Wahrzeichen

Kombiniert heute mal Bewegung mit Geschichte und Kultur und macht eine Fahrradtour zu einem Wahrzeichen oder Monument eurer Umgebung. Ihr könnt mit der Suche nach einer alten Burg, einem Denkmal oder einer historischen Brücke beginnen und euch anschließend mit euren Rädern auf den Weg dorthin machen. Dort angekommen, nehmt euch so viel Zeit wie ihr wollt, um zu erkunden und zu recherchieren. Tauscht euch aus, informiert euch und lernt mehr über historische Gebäude in eurer Umgebung.

Am Ende eures Ausflugs wart ihr nicht nur körperlich aktiv und konntet die Natur genießen, sondern habt aktiv erkundet, was aus der Vergangenheit übrig ist – ein erfolgreicher Nachmittag.

Schlusswort

155 Ideen und somit 155 Möglichkeiten, gemeinsam aktiv zu werden, Erinnerungen zu schaffen, einander wertzuschätzen und eure Mutter-Tochter-Beziehung zu vertiefen.

Vielleicht habt ihr bereits einige Vorschläge umgesetzt und konntet an den Aktivitäten wachsen. Vielleicht liegen noch einige Abenteuer vor euch, die nur darauf warten, von euch entdeckt zu werden. Ganz gleich wieviel Ideen ihr abhaken könnt, was ihr plant oder wieviel ihr noch entdecken möchtet – dieses Buch soll euch immer wieder daran erinnern, dass eure Beziehung wertvoll ist.

Lasst euch also weiterhin dazu inspirieren, gemeinsam Neues zu versuchen, mutig zu sein und einander Zeit zu schenken. In eurer Verbindung steckt Kraft, darum lasst sie wachsen und freut euch zusammen auf das, was vor euch liegt.

Copyright © 2025 T.Breise

Alle Rechte vorbehalten

Printed in Poland
by Amazon Fulfillment
Poland Sp. z o.o., Wrocław

49159270R00092